Jeunes Disparus de l'Indre
L'impensable affaire

Félipé Caceres Munoz S.

Jeunes Disparus de l'Indre

L'impensable affaire

Roman

© 2025 Félipé CACERES MUNOZ S.
Édition : BoD · Books on Demand, 31 avenue Saint-Rémy,
57600 Forbach, bod@bod.fr
Impression : Libri Plureos GmbH, Friedensallee 273,
22763 Hamburg (Allemagne)
ISBN : 978-2-3222-1922-3

Joindre l'auteur : felipecaceresmunozs@gmail.com

Ce n'est pas la révolte en elle-même qui est noble, mais ce qu'elle exige.

Albert Camus

Prologue

Qui j'étais ?

Je m'appelais Tristan Vialin, né le 15 août 1970 à Antibes, deux fois divorcé, père d'une fille de vingt-neuf ans, je travaillais pour la Protection de l'Enfance comme directeur d'établissement.

Le mercredi soir j'écrivais des poèmes dans un atelier d'écriture ; le plus jeune du groupe, c'était moi. Le samedi matin je faisais mes courses, une grille de loto et l'après-midi, j'allais marcher. Le soir venu, je m'amusais à danser dans des soirées organisées sur des sites Internet pour gens esseulés. J'en profitais pour placer mon 06 en récitant mes textes dans le creux de l'oreille des nouvelles. J'aimais bien quand elles riaient, tête en arrière. Le dimanche, j'attendais que mon téléphone sonne ; alors, je buvais un peu plus que les autres jours. En général, vers 15 heures j'étais saoul et je m'écroulais. D'ailleurs, le peu de fois où ça sonnait, c'était toujours à ce moment.

Si le lendemain on me demandait comment j'allais, je répondais « comme un lundi », le surlendemain « comme un mardi... »

Et puis, il y a eu cette histoire.

* * *

[1]

*Palais de Justice de Châteauroux,
mercredi 7 novembre 2018, 15 h 45.*

Il était là, assis devant moi, la mâchoire serrée comme un étau d'acier, le regard fier et noir de ceux qui se vouent le culte. Conquis d'informations sensibles, laborieusement rassemblées dans un dossier enfin brûlant (où l'on ne parlait plus de piles, ni de lames de rasoirs volées), ses présomptions devaient être plus sûres que la haute satisfaction qui suintait de ses pores. Légitime lignée, héritier pur.

D'un coup, il a agité une liasse d'une trentaine de pages, assemblées par un trombone.

— Regardez ! Vous voyez ça ?

Des feuilles volaient de part et d'autre de son bureau de l'inquisition.

— Déclarations de vos chefs de service !

Il en a pris une et l'a lue à haute voix :

— *À chaque fugue, ça tombait toujours sur le directeur : c'est lui qui était d'astreinte. Les équipes le prévenaient d'abord par téléphone, puis il se rendait sur place. Là, les éducateurs lui remettaient les déclarations de fugue dûment remplies, afin qu'il puisse les transmettre à la police. C'est la procédure.*

Il allait bien falloir que je réponde.

— Bon alors ? insistait-il.

Je me demandais comment j'avais pu en arriver là, en le regardant, avec son air de bosser le dimanche.

— Vous étiez d'astreinte ? Vous avez été appelé ? Vous vous êtes rendu sur place, et on vous a remis les déclarations de fugue... Donc, je répète la question : qu'avez-vous fait de ces déclarations ?

Il me fallait une diversion.

Je lui ai lancé :

— Si quelqu'un doit répondre à des questions ici, j'aime autant que ça soit lui.

Lui, c'était le type au gros ventre, assis à côté de moi. Et qui me coûtait une blinde.

— Vous pouvez user de votre droit au silence, Monsieur Vialin, a poursuivi le juge, mais vous en supporterez les conséquences.

Ses mains étaient dures, ses poignets osseux, il portait une montre Philippe Patek. Un fonctionnaire de justice avec une Patek ? C'est indécent.

— Bon... Maître ? ! Vous êtes là ? Vous êtes avec nous ? Souhaitez-vous dire quelque chose ?

Il a rangé son téléphone, puis a levé les yeux, l'air perdu :

— Heu... Oui... Bien sûr. Mon client... comment dire... il est sous le choc.

Je l'avais bien choisi. Vacherie.

— Sous le choc ?

— De toute évidence. Comprenez Monsieur le juge, trois jeunes de son établissement disparaissent, comme ça : clac, ses gros doigts claquaient, hop dans la nature. Bien sûr qu'il est sous le choc.

Le pire c'est qu'il est vraiment inscrit au barreau.

Le juge s'est agacé :

— Elles ne datent pas d'hier, ces disparitions ! Votre client a eu le temps de s'en remettre, ne croyez-vous pas ? Bon, écoutez-moi bien, vous et votre prévenu...

— Témoin assisté, s'il vous plaît...

— Plus pour très longtemps justement ! Maître Rupert ne m'interrompez plus. Dans cette affaire trois mineurs font l'objet d'un signalement pour disparition inquiétante, alors vos chocs, et vos états de choc, vous les encaissez, vous les amortissez, vous en faites ce que vous voulez, mais là, tout de suite, sur-le-champ, si vous ne m'apportez pas les éclairages nécessaires à la bonne marche de l'instruction, je vous garantis une série de chocs comme vous n'en avez jamais connus !

Un long silence s'est installé. Celui qui était censé parler se taisait. Il attendait quoi, à me regarder comme ça, avec sa tête à avoir toujours faim, que je fasse son job ?

Le magistrat a repris :

— Bon, pour la dernière fois... répondez : elles sont où ces déclarations de fugue ?

À l'arbre du silence pend son fruit la tranquillité, disait Schopenhauer. Mais l'homme qui ajourne la vérité adresse un défi aux désastres. C'est encore de lui. En attendant, l'autre avec sa montre, il n'allait pas me louper. J'ai lancé :

— Dites, Monsieur le juge d'instruction ?

D'un mouvement de tête, il m'a fait signe de continuer.

— Qu'est-ce qui vous fait croire qu'elles existent, ces déclarations de fugue ?

Il s'est frotté la commissure des lèvres. Puis a répondu :

— Les éducateurs en ont mis une copie dans le dossier des jeunes.

— Puis-je voir ces copies, Monsieur le juge ? a relancé l'autre.

Sa digestion était sûrement finie...

— Maître Rupert, je vous rappelle que vous les avez eues dans le dossier.

Il a acquiescé, sans grande conviction. Et j'ai compris à ce moment qu'il n'avait même pas lu mon dossier. Il s'est tourné vers moi, et souriait comme un abruti. Qu'est-ce que ça devait être quand il gagnait une affaire...

— De surcroît, a fait le magistrat, sur un ton trop calme à mon goût, j'ai fait vérifier la liste des appels sortants aux dates et heures indiquées...

— Et alors ? l'a coupé Rupert.

S'il continuait comme ça, c'est moi qui devrais bientôt le défendre.

— Et alors, ça confirme les déclarations. Les éducateurs ont bien prévenu Monsieur Vialin : il y a eu plusieurs minutes de communication entre l'établissement et son téléphone portable.

Ils m'ont regardé. À les voir, nul besoin de procès, j'étais déjà coupable.

— Monsieur Vialin, je vous répète que vous avez été prévenu des fugues, que vous vous êtes rendu sur place, et que les éducateurs en poste ont déclaré vous avoir remis les déclarations renseignées en main propre. Donc, pour la dernière fois : ces déclarations, les avez-vous transmises, oui ou non, à la gendarmerie ?

Je ne sais pas pourquoi, mais je l'imaginais en train d'acheter un prieuré du XIIe ; et de poncer, huiler, cirer les croix de bois.

— Eux, en tout cas, ils n'ont rien reçu !

Restaurer les vitraux...

— Vous exercez toujours votre droit au silence ? Alors écoutez : le mardi 23 janvier 2018, à 21 h 58, Madame Déborah Boni, éducatrice spécialisée dans votre établissement, appelle la gendarmerie de Mézières-en-Brenne pour fournir des précisions sur les tenues vestimentaires de deux jeunes tout juste déclarés en fugue, Letchi Aminat et Adria Ferne. Malheureusement pour vous, l'officier de permanence lui répond qu'il n'a reçu aucun signalement de fugue. Un mois plus tard, le jeudi 22 février 2018, alors que personne n'a de nouvelles des deux premiers jeunes portés disparus, une troisième disparaît à son tour. Et toujours aucune déclaration de fugue. Et c'est encore vous qui êtes d'astreinte.

Sacré Schopenhauer... À l'arbre des emmerdes aussi, on peut trouver des fruits. Le juge n'avait même plus besoin de m'interroger. Il déroulait le dossier pièce par pièce, comme s'il lisait un journal qu'il connaissait déjà par cœur.

— Comment expliquez-vous cela ? Je vous écoute. Toujours rien ? Comme vous voudrez. Je vais vous dire ce que je crois : les déclarations de fugue n'ont jamais été faxées. Alors ?

Au moins, ça avait le mérite d'être clair, je ne pourrais pas m'en sortir. J'aurais voulu me réveiller.

À ce moment, Maître Rupert m'a saisi le bras comme le ferait un auxiliaire de vie. Puis, il m'a entraîné hors de mon siège de manière assez brutale. Saluant le magistrat d'un clin d'œil, il m'a ensuite poussé vers la porte capitonnée du fond du cabinet. J'ai à peine eu le temps de protester.

— Nous revenons tout de suite, Monsieur le juge, a-t-il lancé.

*

Dans le couloir du grand palais, Maître Rupert semblait décidé. Nous avons fait quelques pas dans le déambulatoire, puis rejoignant un croisillon à notre gauche, il m'a poussé dans une absidiole loin de toute oreille, et de tout regard ; à l'abri des supputations. Coincé entre deux colonnes de marbre rose, je sentais ma vie suspendue à son règne. Sa manière de forcer le regard : quel panache.

— Qu'est-ce que vous cherchez à la fin ? C'est quoi ce numéro ! a-t-il gémi.

— Ça vous a réveillé au moins ? ai-je répondu.

— Écoutez, si vous continuez, ça va mal tourner croyez-moi. Je suis là pour vous défendre, mais cette histoire de gosses qui disparaissent dans la nature et votre cinéma, ça ne colle pas. Le Juge Elinor, son ventre gargouillait, va vous coller le statut de mis en examen et ordonner votre détention provisoire. C'est ça que vous voul...

— Vous faites du sport Maître ? lui ai-je demandé, sans le laisser finir.

— ?

Mais mon coup de poing dans son plexus solaire l'a empêché de répondre. Le beau parleur se tortillait pire qu'un asticot : je lui avais coupé le souffle, à ce porc.

Alors, coinçant sa grosse tête dans le pli de mon bras, j'entreprenais de lui révéler quelques informations utiles, serrant son cou aussi fort que possible, mais sans le lui broyer. Regardant ses yeux, et devenant aussi rouge que lui, mais pas aussi bleu, je lui ai expliqué :

— Écoute-moi bien, le guacamole. Des jeunes, ça fait un moment que j'en vois passer, et ceux-là, je peux te dire que leur place n'était pas dans un foyer. T'as compris ? Pas dans un foyer !

Ça ressemblait à un burn-out... et une fois que j'avais dit ça, je n'avais plus rien à ajouter.

Pourtant, je savais exactement où tout avait commencé.

***

[2]

11 mois plus tôt

Clion, vendredi 1ᵉʳ décembre 2017, 15 h 15. Association Baranchonnaise du Groupement du Centre de la Grande Maison du Foyer Départemental de la Protection de l'Enfance de l'Indre (A.B.G.C.G.M.F.D.P.E.36).

C'était une journée grise, humide et froide, à l'écoulement navrant, et dont la seule récréation était un vent de nord-est balayant le dehors. Derrière le carreau de la fenêtre, donnant sur la cour principale de l'établissement, j'observais les couleurs de l'ennui recouvrir tout le pays ; du ciel au sol plat. Les jeunes étaient à l'école, les éducateurs faisaient probablement un peu de rangement dans les services et une grosse cafetière coulait pour la troisième fois, dans le secrétariat à côté de mon bureau. Le fatalisme régnait. C'était une journée de merde, comme on dit, et l'on n'y pourrait pas grand-chose. Au bout de la cour, le portillon était resté grand ouvert. Encore. Avant, ça arrivait de temps en temps, mais depuis que j'avais fait placer un écriteau dessus :

MERCI DE REFERMER LE PORTAIL

c'était devenu systématique : jamais ! Jamais un gamin n'exécutait la consigne. Ils préféraient lancer : « Celui qui ferme le portail est une tapette ! » Et voilà... ça restait ouvert.

Le téléphone a sonné. Je crois que ça m'a fait souffler. Même ça.

C'était Corinne, du secrétariat :

— Monsieur Vialin, j'ai Tracie Caducet de l'ASE en ligne. Vous prenez ?

Prendre quoi ? L'appel ? Ou un billet d'avion ? Pour me barrer loin.

*

Tracie Caducet m'expliqua que son équipe avait récupéré un jeune au beau milieu de la nuit, à Châteauroux, près de la gare. Elle me supplia d'avoir une place, pour l'accueillir.

— Théoriquement oui, la rassurai-je, envoyez-moi un fond de dossier et je vous donne une réponse avant la fin de la journée.

— On n'a pas de dossier justement, c'est un jeune qui vient de l'étranger, de Tchétchénie apparemment.

— C'est un MNA[1] ! Pourquoi ne le mettez-vous pas à l'hôtel comme les autres ? ironisai-je.

— Monsieur Vialin... s'il vous plaît, écoutez, son état est plutôt critique, on est sur de l'urgence.

— Il parle français ?

---

[1] Mineur Non Accompagné

— Pas un mot, mais je viens avec un interprète. D'ici une heure ?
— Je vous attends, m'entends-je encore lui dire.

*

Quelques heures plus tard, avec peu d'informations supplémentaires, Tracie Caducet et son interprète souhaitèrent bonne chance au jeune, nous saluèrent, puis quittèrent le bureau. Déborah Boni, l'éducatrice, se leva à son tour et accompagna Letchi jusqu'au groupe Ibiza pour l'y installer. C'était une petite unité conçue pour accueillir huit ados. À ce stade, l'on en comptait cinq, mais chacun d'eux cumulait déjà une telle quantité d'ennuis, qu'ils paraissaient trois fois plus nombreux.

À leur retour d'activité, les jeunes du groupe en question furent tant bien que mal rassemblés dans la pièce de vie principale, où un désastre atomique semblait s'être produit. Pour autant, l'on y trouvait tout ce qu'un salon traditionnel comptait : un canapé, des petits coussins, une télé, un coin bibliothèque et une étagère avec des jeux de société. Une fois atteint un niveau sonore acceptable, Letchi fut présenté à l'escouade juvénile. Les deux filles du groupe, Adria et Linda, firent comme s'il n'existait pas, préférant s'agiter de concert. Parfois, elles riaient à voix basse et, en feignant de vouloir les contenir, laissaient échapper de petits cris aigus entre leurs chuchotements. Les garçons quant à eux, casquette à l'envers, examinaient attentivement le nouveau derrière leurs verres de lunettes teintés. L'accueil paraissait froid, très froid, hostile. Letchi, bien qu'à plat et accoutré comme un réfugié, suscitait une forme de méfiance qui empêchait les jeunes de le cerner clairement. Pour l'instant, personne n'osait le railler.

— On compte sur vous pour être sympas avec lui, clôtura Déborah.

Voilà, les présentations étaient faites.

La suite de l'histoire se propagerait à tous les groupes, les jeunes allaient la raconter en boucle : Gautier, l'ancien du foyer, s'était levé de sa chaise, brusquement, fixant Letchi agressivement. Les filles s'étaient tues et un silence prodromique avait gagné la pièce. Il marcha vers Letchi, en branlant des épaules, un coup à droite, une secousse à gauche... Son corps dandinait comme si des coups de jus lui avaient saccadé la marche. Une fois arrivé près de Letchi, il dressa la main, dégaina l'index et approcha sa bouche du nez de celui-ci, qui resta immobile.

— Ici, le boss, c'est moi ! T'as compris ?

Mais, sans lui laisser le temps de sortir une autre affirmation, Letchi flanqua deux baffes au caïd Berrichon. Droite, gauche. En lui répondant :

— Maintenant le boss être moi !

Gautier récupéra sa casquette vers la fenêtre, ses lunettes vers la porte, et lorsqu'il en franchit le seuil, tout le monde constata qu'il marchait beaucoup plus droit.

Letchi regagna sa chambre.

On ne le revit plus pendant un moment.

Mais tous les jeunes, dans tous les services, ne parlaient plus que de lui. Les éducateurs et éducatrices voyaient débouler sur eux des gosses tapant du poing leur petite poitrine : « Maintenant le boss être moi ! »

Au moment du coucher, dans les chambres, les garçons répétaient inlassablement la scène :

— (PAF, PING) Maintenant être moi !

Les équipes n'en pouvaient plus. Quand les surveillants de nuit prirent leur service, aucun jeune ne dormait.

Quant à Gautier, paniqué, il serait resté dans le bureau du veilleur jusqu'au lever du jour.

*

Le week-end passa, tout comme l'entrée en vigueur de la nouvelle formulation du Notre Père. Ils en ont parlé aux informations : désormais, il ne faut plus dire *Ne nous soumets pas à la tentation* mais *Ne nous laisse pas entrer en tentation*. Dieu doit se sentir mieux.

Quant à moi, comme d'habitude, j'avais perdu au loto, dansé comme un pied samedi soir et picolé tout seul comme un con – et comme un trou – tout le dimanche. Réveil difficile... Durée estimée de la gueule de bois : trois jours. Vivement jeudi. Ou une autre vie.

Le téléphone sonna. C'était Corinne :

— Monsieur Vialin ?

— Oui ?
— Letchi est là, avec Déborah Boni, vous les recevez ?
— Et comment !

Je pensais recadrer Letchi, lui expliquer nos règles, celles de l'établissement, ici, en France.

Mais rien ne se passa comme prévu. Aider des mômes, c'est savoir oublier ce qu'on sait, ce qu'on croit, piétiner le dogme... et surtout arrêter de répéter : « Si jeunesse savait, si vieillesse pouvait », en croyant que cela résume tout. Parce qu'en réalité, ça en dit long sur l'auteur : complètement à côté de la plaque. Quand on veut on peut, à tout âge. Quant aux moins jeunes, beaucoup se croient malins, mais ils sont vaniteux, craignent la mort et ne supportent pas la jeunesse par pure affliction d'avoir perdu la leur.

Bref, Letchi... Je commençai par appeler des explications sur les gifles qu'avait reçues Gautier. Il m'en donna :

— Si lui parler mal, claque faire du bien.

Évidemment, il avait eu tort de faire ça. Pourtant, il parlait vrai. Je connaissais bien Gautier Mignon : à force de faire le caïd, il avait pris une leçon, et après ? Depuis le temps qu'il mettait la pression aux autres... Letchi n'était pas du genre à se laisser marcher sur les pieds et ça se voyait. Franchement, se frotter à lui : il fallait être idiot. En tout cas, je tenais à ce qu'aucun jeune ne se fasse cogner dans mon établissement. Je prévins Letchi que s'il recommençait, il serait renvoyé. Il me regarda, sans broncher. Qu'est-ce que j'étais en train de faire ? La morale a un gamin droit dans ses bottes et qui se faisait respecter. C'est à Gautier qu'il aurait fallu expliquer quelques fondamentaux. À croire que dans un système profondément tordu celui qui essaie de se redresser soit celui qu'il faille marteler : pour qu'il plie, replie, encore, jusqu'à ne plus pouvoir lever un doigt. Ça édifie un nouveau paradigme et, lentement, sûrement, la loi du fourbe vient détrôner la loi du fort. Ça risque de durer un moment. Le fort est mort.

Je décidai d'explorer un autre sujet : d'où il venait, où il allait, tout ça.

À un moment, je vis que le gros dur en avait gros sur la patate et qu'il allait s'ouvrir un peu.

*

C'est exactement ce qui arriva : Letchi s'ouvrit comme une boîte contenant des photos jaunies par le temps. En plein milieu de son récit, Déborah, pâle comme un linge, s'excusa et sortit. On en voyait des vertes et des pas mûres dans ce métier, mais à ce point-là... Ce garçon était complètement brisé et, malgré ses difficultés en français, il nous avait bien remués.

On frappa à la porte : Déborah revenait. Les yeux gonflés. Letchi essuya les siens, puis décrivit son périlleux voyage, qui consista à traverser un pays dévasté par la guerre. Il nous raconta comment il passa entre les pores du réseau régenté par les

Russes, comment il trouvait à boire (dans des flaques), à manger (dans des poubelles), comment il franchissait les frontières, évitait les douaniers, la police, les intrigants. De camionnette en camionnette, de semi-remorque en semi-remorque, couché sur des bâches ou accroupi derrière des palettes, Letchi parvint à rejoindre l'Europe. Puis Paris, où il sauta dans un train pour Marseille. Un contrôleur le contrôla. Sans billet. À bout de forces, épuisé pour protester, il se laissa exclure du confort des sièges et du wagon. Beaucoup de places étaient vides mais ce n'était pas le problème. Et c'est ainsi qu'il se retrouva ici à Châteauroux, sur le quai de la gare.

— Si je comprends bien, toi ce que tu veux c'est te rendre à Marseille ? lui demandai-je.
— *Ha"*.
— Oui ?
— Oui.
— Pourquoi ?
— Ma mère être à Marseille.
— Tu as son adresse ?
— Non.
— Un numéro de téléphone ?
— Pourquoi ?
— Mais pour retrouver ta mère ! Enfin ? Marseille est une grande ville tu sais...
— *Ha"!*

En d'autres circonstances, pareille naïveté m'aurait probablement navré, mais là, dit par lui, son « *ha"* » vibrait encore dans ma tête.

— Déborah, appelez Madame Caducet pour l'aviser que ce jeune veut rejoindre sa mère à Marseille. Il faut l'aider, sinon il risque encore de se mettre en danger.

Je parvins à convaincre Letchi d'attendre son orientation, lui expliquant que ça prendrait plusieurs jours, mais qu'au final, il gagnerait du temps. Et aussi, d'accepter de participer aux activités de son groupe. Letchi souriait et je compris que plus personne ne se plaindrait de lui.

Sauf Gautier peut être.

*

Quinze jours. Quinze jours à courir après Tracie Caducet. Aucune réponse. Ni pour Letchi, ni pour deux autres situations.[2] Le rien absolu. Noël approchait et l'ébranlement des enfants aussi. À la fin de la semaine, les plus seuls diraient au revoir à leurs camarades partant en famille. Les juges et l'ASE favorisaient des droits d'hébergement plus conséquents à cette période de l'année. D'autres, sans parents pour les accueillir, iraient peut-être chez une tante, un oncle, des grands-parents. Et enfin : en bas, tout en bas, il restait ceux qui n'iraient nulle part, ceux qui n'avaient pas de famille. C'était rare, mais cela arrivait, et sur une soixantaine de gamins, il y en avait toujours

---

[2] En protection de l'enfance, on désigne parfois les enfants par le terme « situations ».

quelques-uns qui restaient seuls dans l'établissement au moment des fêtes. Cette année, ça tombait sur Linda et Adria. Heureusement, elles s'entendaient bien : elles avaient le même âge. Linda n'avait pas de famille, du moins pas à sa connaissance. Ni à la nôtre. Quelques familles d'accueil l'avaient hébergée, mais aucune n'avait souhaité continuer. Adria, quant à elle, non seulement n'avait plus de famille mais en plus n'allait pas tarder à fonder la sienne, car elle était enceinte.

Tracie Caducet m'agaçait sérieusement ; aussi décidai-je de lui faire sortir la tête du sable. Je lui envoyai un message, menaçant de m'adresser directement au juge des enfants. Enfin, elle me rappela... pour rejeter mes demandes : la directrice départementale n'avait pas eu le temps de signer les autorisations. C'était la seule raison. « Il n'est pas trop tard ! » m'exclamai-je. Mais elle me répondit, d'un ton ironique, que les vacances de celle-ci ayant commencé, elle ne risquait plus de signer grand-chose.

Je lui demandai :

— Quand avez-vous prévu d'expliquer ça aux jeunes ?

Elle m'assura qu'elle comprenait ma déception et, surtout, qu'elle n'y était pour rien. Ce n'était pas la question, mais je compris qu'insister devenait inutile.

D'ailleurs, elle venait de raccrocher.

*

Le téléphone sonna.

Sur le moment, j'imaginai un repentir de Caducet – je me trompais, bien sûr.

Corinne parla, un peu embarrassée :

— Monsieur Vialin, je suis désolée de vous déranger. C'est Gautier : il insiste pour vous voir.

Au point où j'en étais...

J'acceptai de le recevoir.

Gautier Mignon m'expliqua qu'il voulait porter plainte à la gendarmerie.

Avec toutes les affaires pénales qu'il avait sur le dos, son projet me parut audacieux. Ce gosse faisait l'objet d'une bonne douzaine de poursuites... L'accompagner, lui, Gautier, dans une gendarmerie pour déposer plainte... pourquoi pas un CV !

— Et tu voudrais porter plainte contre qui, et pourquoi ? me hasardai-je.

— Contre vous !

— Quoi ?

— Ouaich ! Quand j'suis v'nu dans vot' foyer pourr... enfin... ici, là... vous m'aviez dit qu'j'me sentirais en sécurité !

— Oui c'est vrai, je le dis à tous les enfants. Enlève ta casquette.

— J'suis pas un enfant, clama-t-il, en la retirant.

— Pourquoi tu viens me voir alors, si tu te considères comme un adulte ?

— J'en peux plus d'être dans c'te foyer ! En plus vous faisez venir des étrangers maintenant...

— Faites venir. Pas faisez.

— Des étrangers quand même ! Ce bâtard m'a tapé dessus, vous êtes content ?
— Bâtard ? S'il t'entendait il pourrait recommencer tu sais...
— Hein ? sa voix baissa d'un ton.
— Gautier, poursuivis-je, quand un imbécile qui a tout fait pour que ça lui arrive se fait remettre les idées en place, ça l'aide à grandir.
— Quoi grandir ! Qui ? C'est qui l'imbécile ?

Quelques minutes plus tard, Gautier sortit. Il avait le message et moi des choses à faire... annoncer les mauvaises nouvelles aux jeunes, par exemple. Cependant, je me persuadai d'attendre le lendemain. La nuit porterait peut-être conseil.

*

Les douze coups de midi tapaient, nous étions le lendemain et toujours pas la moindre idée. À cet instant, les craintes et l'incertitude s'ajoutèrent aux soucis de la veille, les alourdissant encore. Aigri et dépité, je scrutai à travers les vitres de la fenêtre les arbres sombres et nus, cherchant une réponse, un oracle. Je m'obstinai. Puis, comme une fulgurance, mon esprit s'éveilla. Levant les yeux vers le ciel, je crus percevoir ce message : « Ne râle plus, agis ».

Letchi voulait se rendre à Marseille ? Très bien, soit, c'est moi qui l'y emmènerais. Et les filles suivraient ! L'air marin ne leur ferait pas de mal.

* * *

[3]

Fin de la rétrospective… mais pas du chaos

Palais de Justice de Châteauroux, mercredi 7 novembre 2018, 16 h 30.

Ce qu'il y a de bien avec les palais de justice, c'est qu'ils sont toujours proches du centre-ville. Transports en commun, du monde partout, des commerces en veux-tu, des planques en voilà, on ne va pas se mentir : ça aide. Je suis sorti du mien et j'ai descendu les marches sans me presser, les comptant une à une, histoire de garder un air détaché. Il y avait un arrêt de bus juste en face. Vraiment pratique. Je foncerais vers la ville, me changerais de fringues, choperais des lunettes, un coiffeur et, bien malin qui pourrait me reconnaître. Ils pouvaient se lever de bonne heure, les mecs. Et surtout, ça allait me permettre de quitter ce bled moisi. De changer de continent. Et de vie. À pieds, en bateau, derrière des palettes, comme Letchi. Peu importe.

— Monsieur s'il vous plaît ?

Une femme, mi-souillon, mi-clown, fonçait sur moi. Franchement, ce n'était pas le moment. Évidemment, j'ai fait semblant de ne pas l'entendre et j'ai continué à marcher en évitant son regard.

Elle ne lâchait pas :

— Hé ! Monsieur !
Agacé, j'ai haussé la voix :
— J'ai un bus à prendre, désolé !
En priant pour qu'elle me foute la paix et que je puisse siffler un double rhum dans le prochain quart d'heure.
— Allez, va ! Et bonjour l'éducation.
Oui c'est ça, mais quand on met des bottes rouges avec une jupe jaune et du rouge à lèvres bleu on s'abstient de donner des leçons. Elle se croyait en Roumanie celle-là ? d'imiter le drapeau...
Fallait que ça tombe sur moi.

*

L'arrêt de bus, trouver le bon sens, lire le plan, arrêter de trembler.
— Bon, alors Monsieur !
C'est pas vrai, elle est toujours là ! Elle va me faire repérer cette gourde.
Composer.
— Alors quoi ?
— C'est comme ça qu'on aide son prochain ?
— Qu'est-ce que vous voulez ?
— Z'avez pas un euro ? C'est pour prendre le bus ?
Donne-lui sa pièce et qu'elle se taise. Elle doit venir des pays de l'Est, elle a un accent.
— Si vous voulez, je vous suce dans le bus.
Putain, quelle journée de merde.

— Filez-moi de quoi m'acheter un casse-dalle, au moins !

Pitié. Qu'elle se casse.

Et merde, qu'est-ce que j'ai soif !

* * *

[4]

Le bus roulait. Parfois il ricochait, sur des espèces de bosses qu'on nomme ralentisseurs. Tous les trente mètres, un obstacle surgissait : un stop, un feu rouge, un rond-point. On entendait bien le cri des freins. Le soir tombait, recouvrant tristement une journée de grisaille et, dans le regard des passants, je voyais une morosité abstraite, une forme de désolation banale, de celles qui prouvent qu'on s'habitue à tout. En arrivant devant la Tour Américaine, cet immeuble de quatorze étages en plein centre-ville, j'ai frissonné de confusion ; cette espèce de protubérance, ni petite ni grande, ni foncée ni claire, semblait supplier *in petto* sa détresse intime de bien vouloir ordonner sa démolition. Autour d'elle, les rues donnaient l'impression de s'excuser d'être là. Les habitations, les bureaux, les magasins : complètement tassés. Rien ne semblait désirer s'élever. Tout paraissait vouloir disparaître dans les entrailles de la terre.

* * *

[5]

J'ai retiré le maximum autorisé et après ça, bien sûr, j'ai jeté la Visa. Je n'allais pas semer des petits cailloux, non plus.

De nouvelles fringues : la transformation opérait.

Le type du salon de coiffure a lancé la tondeuse. Elle faisait plus de bruit qu'un Massey Ferguson. Lorsqu'il l'a posée sur ma tête je me suis mis à vibrer pire qu'un tocsin de guerre. C'est bien simple, ma trogne dans le miroir disparaissait une seconde sur deux ; si ça durait longtemps, mes dents se déchausseraient, c'est sûr. Surtout ne pas bouger. Un faux mouvement et paf, crâne fêlé.

*

À un moment, ça a eu l'air fini ; j'entendais à nouveau la radio. J'ai regardé dans le miroir et j'y ai vu un crâne en peau de genou. Mon Dieu, cette gueule. C'était moi.

Un peu plus tard : lunettes rondes, veste à capuche, pantalon et chaussures de supermarché... Quel style. Le style passe-partout, quoi.

* * *

[6]

Juste après la pharmacie de la Rue Grande, je me suis engouffré dans une rue sombre ; la rue Gutemberg. Le genre à l'ancienne, avec des pavés. Il y avait une porte avec des carreaux cassés, le numéro avait été arraché et des poubelles jonchaient le sol, juste à côté. Celui ou celle qui les avait mises là n'avait pas eu le courage d'aller jusqu'au container à quelques mètres. J'ai d'abord pensé à de la négligence, du je-m'en-foutisme. Et puis j'ai réfléchi, c'était peut-être quelqu'un frappé par la maladie, ou handicapé, ou trop âgé pour faire ne serait-ce que quelques mètres. Tout est possible après tout. Dans un renfoncement, stationnait un vieil utilitaire qui donnait l'impression d'obliger les autres à raser les murs pour rentrer chez eux. Vie de rat. J'ai continué à marcher, passant sous un abri à pigeons construit de main d'homme. Sur le moment, l'idée m'a paru à la fois originale et triste. Originale, parce que le caisson occupait toute la largeur d'une fenêtre en recouvrant sa moitié inférieure ; impossible de fermer les volets. Quelle que soit la pièce qui se trouvait derrière, quiconque y vivait devait voir les volatiles roucouler, se reproduire, dormir. Triste, parce que je n'ai pas pu m'empêcher de penser qu'il fallait vraiment se faire chier dans la vie pour avoir une idée pareille. Mais bon, ça plaisait aux piafs. J'ai accéléré le pas et, en arrivant à une intersection, je suis tombé sur des gens assis à même le pavé, le dos appuyé contre un mur. Étonnée de me voir, une femme sans âge, vêtue d'un pauvre tee-shirt rouge (comme si le froid n'existait pas), s'est levée et s'est avancée vers moi. Les deux zonards à côté, probablement des réfugiés, et leur chien me fixaient des yeux comme si j'arrivais en retard. Voulaient-ils ma photo ? Avec ma tenue Prisunic, j'ai compris qu'on allait s'attirer des tuiles.

Évite leur regard. Ils n'oseront pas t'interpeller.

— Hé ! Vous là !

Continue de marcher. Ils vont passer à autre chose.

— Hé ! Dites donc ? Je vous cause !

Elle m'a touché cette conne.

— Mais qu'est-ce que vous faites ? Lâchez mon bras.

— Vous pourriez répondre quand on vous appelle.

Sordide crasseuse.

— Un euro ? insistait-elle.

Une haleine pareille, c'était la synergie du totum : dents, poumons et foie.

— Pourquoi vous donnerais-je de l'argent ? lui ai-je répondu.

— Pour manger.

Plongeant une main dans sa tignasse poisseuse, elle a commencé à se gratter le crâne. Je croyais entendre des petites poches de sang éclater tellement les poux devaient y être gros. Sa manière de se frotter rappelait une bête galeuse en train de se décaper l'eczéma. Ses petits yeux noirs me fixaient comme la pointe d'un fusil. Elle a continué :

— Vous croyez que je suis dehors par plaisir ?

— Pourquoi ne faites-vous pas le 115[3], lui ai-je rétorqué...

... au lieu de m'emmerder.

— Viens ! a crié un des clodos, laisse lui partir.

Trouver un hôtel. Et dormir. Vite.

— Et mes un euro ?

— Non !

***

---

[3] Numéro d'appel du dispositif de mise à l'abri des personnes sans domicile fixe.

[7]

Directeur le lundi, pensionnaire d'un abri de nuit le jeudi : une sacrée semaine !

Au moins je n'allais pas tout dépenser en frais d'hôtel. Ils pouvaient aller se faire voir avec leur « *carte d'identité, passeport...* » Je t'en foutrais de l'identité. Pourtant, j'aurais dû le voir venir. Heureusement, j'avais repris l'idée du 115. Eux au moins, ils ne demandaient rien, ni identité, ni argent. « L'accueil inconditionnel » comme ils disent. Pourquoi pas, ça tombait plutôt bien. À condition d'être modeste. J'avais un lit, un nouveau copain, là, qui ronflait, juste à côté ; et sur le palier : des toilettes bouchées. Qu'est-ce que je pouvais rêver de mieux ?

Allez dors, me suis-je dit, *du moins si tu peux. Compte tes inspirations, un, deux...*

À six cent, je comptais encore.

*

Cent trente-deux, je me relaxe, cent trente-trois, détends-toi, cent trente-quatre, ça y est, je me sens partir, cent trente-cinq...

À ce moment, quelqu'un a pénétré bruyamment dans la chambre, claquant la porte contre le mur. J'ai à peine eu le temps de me protéger le cœur, les deux mains dessus, qu'une lumière blanche, plus aveuglante qu'un éclair, a bondi sur moi depuis le plafond.

— On se lève !

C'était Georges, le veilleur de nuit.

Comment veux-tu attendre de lui un semblant de délicatesse ? Ouvre un peu les yeux : ses cheveux sont aussi gras qu'une une friteuse de bar... et ça pue le goudron dans toute la chambre depuis qu'il s'est mis à brailler. Ce mec, c'est pas le genre fleur bleue. Il porte même un ceinturon. Un ceinturon ? La dernière fois que j'ai vu un type avec ça, c'était dans un film de Lautner...

— S'il vous plaît, Georges, ça fait deux nuits que je ne dors pas, c'est possible de faire une requête ?

— Une quoi ? !

— J'aimerais rester ici, au chaud, pendant la journée, pour récupérer un peu.

— Moi aussi ! a fait mon voisin réveillé.

— Oui, certainement, a répondu Georges, et pour le petit-déjeuner, vous préférez des croissants ou de la brioche ?

Il se foutait de notre gueule, ce con.

— Les deux ! a blagué Christian.

Mais l'autre s'est remis à gueuler :

— Allez, magnez-vous, il est six heures et le social palace ferme à sept.

*

C'était plutôt un bon gars, Christian. Un peu bourru, mais globalement conciliant. Quitte à cabaner la chambre avec un inconnu, ce n'était pas plus mal que ce soit lui. Il ronflait, grognait, jurait sans cesse et ne quittait jamais ses chaussures, mais au moins, ce n'était pas le genre à venir m'étrangler en pleine nuit.

Soudain, j'ai remarqué qu'il manquait quelque chose sur la petite table entre nos lits.

— Tiens ? Où peut-elle être bien être ? Je l'avais pourtant posée là !
— Christian ? Tu as vu ma montre ?
— Christian !
— Hein ?
— Ma montre ?
— Quoi ta montre ?
— Tu l'as vue ?
— Oui, DTC.
— Quoi ?
— Dans ton cul !

*

Dans les escaliers menant à la salle où l'on sert habituellement le café - avant de verrouiller les lieux - je ne cessais de ruminer. J'avais l'impression de descendre tout droit en enfer.

L'espèce humaine est fascinante, et si Dieu existe, il doit se délecter : elle a de quoi le distraire pour l'éternité. Comment l'homme peut-il être à ce point éloigné des autres et de lui-même ?

Me voler ma montre alors que je venais de tout perdre, quelle honte. J'étais dépité. Christian m'a affirmé qu'il n'y était pour rien et je l'ai cru.

J'ignore ton nom infâme détrousseur, spéculateur de mon tourment, mais il t'en coûtera de m'avoir soustrait à la seule distraction qu'il me reste : minuter ma vie. Tu passeras chaque seconde de la tienne à côté de toi.

*

J'ai senti l'odeur du café et entendu jaspiner ; bientôt l'antre du logis. Quant au lieu, inutile de parler déco ni cocooning. Ils appelaient ça un réfectoire ? Les murs, qui avaient sûrement été blancs un jour, transpiraient la nostalgie d'un temps où l'on pouvait encore fumer dans les espaces publics. Sous le papier peint en lambeaux, une humidité suintait, pareille à des hydrorrhées accompagnant une maladie. Dans quel état allais-je sortir de ce trou ! Et cette puanteur. Et ce téléviseur qui hurlait. Et ce Georges. On aurait dit que tout était fait pour appuyer très fort sur la plaie, comme une morsure, tout était fait pour me rappeler combien j'étais tombé bas ; des fois que j'oublie.

Il y avait une bonne vingtaine d'âmes perdues, attablées dans la pièce, dont une sacrée moitié de femmes seules. Certaines parlaient fort, mouchetant chaque fin de phrase d'un rire bien trop marqué pour être sincère ; sûrement une manière d'établir un rapport de force.

Exposées à des regards en coin, tapis là-bas, dans l'ombre des âmes sombres, de ces âmes fantômes où tout est devenu mort, de ces âmes noires à la vie avariée de n'avoir aimé que pour le spasme... Exposées ainsi, appellent-elles à la débauche ? À la vérité, elles se protègent. Celles qui remporteront la victoire seront soustraites au breuil puant, assiégé par les chacals.

D'autres proies moins stratèges, aux joues bien tendres, les yeux rongés par les particules de lueurs que le smartphone leur crachait au visage, demeuraient tête baissée, la nuque alourdie, comme si quelqu'un avait suspendu des disques de fontes à leur cou.

— Tiens, toi ! Viens, dépêche-toi ! Café, Chocolat ?

— Café, Georges.

Il m'a tendu le bol sous un sourire presque sadique.

— Voilà, en vous souhaitant une belle journée !

— Magnifique, ne change rien Georges.

— Trouve-toi une place et magne-toi, on ferme à sept heures.

J'allais passer les treize prochaines heures à être dévoré par cette bête enragée qu'on appelle la rue, et lui me demandait de me dépêcher. Il croyait quoi ? Que ça allait être une Garden-party !

Ensuite, j'ai cherché un endroit où m'asseoir. Il n'y avait personne à la table de Johnny, sauf Johnny, mais c'était trop près de la télé. Une autre table offrait des possibilités : celle de Minot. Sauf que la veille, Christian m'avait parlé de lui avant de s'endormir, pour me raconter qu'une fois, aux restos du cœur, ce type avait planté sa fourchette dans la main de son voisin uniquement parce qu'il venait de se tromper de morceau de pain.

Ding ding tulut... Madame, Mademoiselle, Monsieur, bienvenue si vous venez de nous rejoindre. Nous sommes le jeudi 8 novembre... C'est la Journée mondiale de l'urbanisme ! Rosalin Jouet, expert en planification urbaine durable nous dit tout sur... mais d'abord... Ding... Les pubs du moment vous présentent... Quel temps fait-il aujourd'hui ?

— Hé, toi ! Viens t'asseoir là ! a lancé une voix de femme.

C'était la folle de l'arrêt de bus. Elle était habillée normalement. *Pourquoi pas*, me suis-je dit. *Ici ou ailleurs, après tout.*

— Merci, c'est gentil.

— Gentil ? a-t-elle répliqué. Non, c'est juste parce que tu as l'air perdu.

*

Deux bols de café soluble plus tard, et quelques flèches de doléances rompues aux sarcasmes de Georges, j'étais revenu dans les mâchoires de la rue. Il allait être sept heures. La Roumaine m'ayant proposé de la suivre, je m'exécutais sans riposte ni délibération. Elle m'emmenait dans un abri de jour. D'autres sociétaires de la Tragédie Française s'y rendaient eux aussi ; ils marchaient vite devant nous. Dès qu'ils tournaient, nous tournions aussi. Parfois, nous nous massions avant de traverser et, quand le groupe repartait, il s'étirait comme un vieux ressort à boudin. À un moment, une affreuse machine hurlante est apparue. Elle fouettait les abords du trottoir à grands coups de brosses rotatives, crachait des flammes orangées par le haut, menaçait de nous rattraper et fulminait contre nos silhouettes confuses et fuyantes. La ville, encore engourdie, se réveillait, remplissant son ventre de voitures. Au pied des bâtiments sombres, le cortège avançait. Sous les fenêtres muettes, où d'épais rideaux retenaient la lumière chaude des foyers impénétrables, le cortège avançait. Honni par le feu nourri des automobiles fumantes, trahi par son ombre dans l'éblouissement des phares, suppliant sa détresse intime de ne plus grossir à la surface des murs cafteurs, le cortège avançait. Et entre son point de départ et son point d'arrivée, il avait perdu de sa hauteur, raboté plusieurs centimètres de dignité. Beaucoup de têtes s'étaient baissées. L'odeur des feux de cheminée a ceci d'étrange qu'elle jette aux pensées des sans-abri les tourments soustraits du logis des bien-lotis. Et c'est cela qui les empêche de marcher la tête haute.

    La porte de l'abri de jour s'est ouverte. Elle lambinait à se refermer d'une main à l'autre. Deux gars fumaient devant. J'ai cru les reconnaître : les deux clodos de l'autre fois. C'était bien eux, car quand mon tour d'infiltrer le clapier est arrivé, j'ai aperçu la dame sans âge au tee-shirt rouge. Elle était là, assise à même la dalle de l'embrasure attenante, avec une couverture et des sacs autour. À moitié englouti sous sa grosse cuisse, un chien dormait. Tout à coup, figé par la stupéfaction, je me suis senti poussé par des mains impatientes de quitter la rue pour retrouver la chaleur du bouge. Ma référente sociale roumaine, dont je venais de heurter le dos, a penché la tête vers moi en tordant la bouche :

— Les deux mecs que t'as vus, là devant, surtout ne leur parle pas.

— OK mais...

— Chut ! a-t-elle coupé. Tchétchènes...

Oui, bon, d'accord, mais l'autre ? Qu'est-ce qu'elle foutait dehors en tee-shirt avec un froid pareil ?

***

[8]

Châteauroux, jeudi 22 novembre 2018.

Nous avons passé beaucoup de temps à l'accueil de jour au cours des semaines qui suivirent. La Roumaine m'avait pris sous son aile et, grâce à elle, il faisait moins froid dans ma vie. Je lui trouvais un petit côté Sainte Marguerite auquel j'appréciais de m'habituer. Une confiance réciproque s'installait et parfois, instants brefs, nous parvenions même à plaisanter un peu. Il lui arrivait aussi de remettre son accoutrement et son rouge à lèvres bleu, alors elle disparaissait toute la journée et je m'occupais bon gré, mal gré. Sans elle. Un jour de pluie, je l'ai interrogée pour comprendre son déguisement. Un peu embarrassée, elle m'a commandé de statuer sur mes propres affaires. Mais, je suis revenu à la charge. J'avais besoin de comprendre. Repérant que j'allais tricoter des explications bien plus compromettantes que la réalité, elle a fini par me donner les siennes ; et j'ai saisi, à la lueur de ses éclaircissements, qu'elle se faisait volontairement repoussante pour extorquer plus d'argent au public. Déguisée en abominable prostituée elle se protégeait derrière l'acte de provocation pour faire la manche. Les passants incommodés, s'ils voulaient échapper aux supplices de ses avances, devaient lui verser comme qui dirait une taxe « paix sociale » équivalente au coût d'un casse-croûte ; et ça lui rapportait un peu. Un peu plus que de mendier un euro devant les tabacs ou les bureaux de poste, un peu plus que l'aide de l'État pour les réfugiés. Mais, bien moins que si celui-ci l'avait simplement laissée travailler. J'étais pris d'un sentiment confus, où se mêlaient à la fois de la gêne et de l'admiration. Nous avons changé de conversation assez rapidement ; et je décidais de ne plus jamais lui reparler de cette affaire.

* * *

[9]

S'il fallait emprunter l'expression « c'est le jour et la nuit », ici, à Châteauroux, nous autres sans-abri ferions certainement référence à l'accueil de jour et à l'abri de nuit. Car de ces deux endroits, en tous points utiles, il en est un où l'espoir renaît parfois. Selon Dominique, ce serait grâce au « lien social ». Dominique, tout le monde l'appelle Dom. Elle est surprenante. C'est elle qui s'occupe de l'association les mercredis après-midi. Elle a revendu sa bijouterie après l'avoir tenue durant presque trente ans, dans une rue très cotée du centre. Elle est toute petite, mince et blonde. Blonde comme un champ de blé frappé d'un soleil d'été. Ses grands yeux bleus, où il fait bon se noyer, aussi bleus que les bleus des mers du sud, vous transpercent de pudeur dès qu'ils postulent sur vous. Aux oreilles, au cou, aux poignets, aux doigts, à la cheville, et même aux revers de sa veste, elle a gardé un peu de stock, de son ancien commerce. Elle ne semble pas s'inquiéter des impressions qu'elle renvoie ; du moins, pas avec nous. Sous un tel déluge d'apparats, beaucoup de femmes auraient l'air chichiteuses, empruntées. Dom, elle glisse incognito entre les mailles du ridicule et de l'incongru. Elle est comme ça, où qu'elle soit, l'or et les pierres précieuses lui vont bien. À croire qu'à force de les manipuler avec soin, les cailloux avaient fini par en faire une des leurs. Quant à nous, elle nous traitait avec si grand respect, que tous lui assurions maints égards, considérations et peut-être même de clandestines affections. Contrairement à d'autres, elle n'avait jamais besoin d'élever la voix. Et quand venait le soir, au moment de la fermeture, il y avait toujours quelques volontaires pour l'accompagner un bout de chemin, jusqu'aux endroits les plus fréquentés du centre-ville, afin que rien ne lui arrive.

*

J'en étais ce mercredi.

Devant l'accueil de jour, où, un à un, les éclairages s'éteignaient, nous l'avons attendue, prêts pour l'escorte. Et vaquant à quelques vagabondes pensées, m'efforçant d'oublier le froid, j'ai été accosté par les types de la femme sans âge au tee-shirt rouge. Encore eux. Ils avaient surgi de nulle part. « Les Tchétchènes... » a chuchoté une voix, alors que le plus petit s'adressait déjà à moi en employant un ton d'attaque au sol. L'autre me fixait l'entre yeux comme un juge.

— Toi ! Comment ton nom ? Moi, Mikail, lui, Chirvan.

C'est pourtant vrai qu'ils avaient un accent.

Tandis que le groupe se désolidarisait rapidement de mon interrogatoire, je me suis senti poussé contre le mur ; leur façon de marcher sur moi n'augurait rien de bon. Seule ma camarade roumaine, restée immobile, observait la scène. Elle les fixait avec un aplomb qui la rendait habitée. Une fois coincé à même la pierre, dont le froid me raidissait, ils m'ont montré une photo dans le creux de la main. J'étais stupéfait, aucun doute, je l'avais reconnu, c'était Letchi Aminat.

— Toi, vu ce enfant ?
— C'est qui ? ai-je feint.
— Lui mon fils ! Disparu... Moi chercher lui !
— Ah bon...

Faisant mine de m'intéresser, j'ai scruté à nouveau Letchi, en retenant mes accélérations cardiaques.

— Non, vraiment désolé.
— Toi regarde encore ! a-t-il insisté.

De son autre main, le plus grand tambourinait la photo avec le revers de l'index. Toumaï l'australopithèque a sûrement fait le même geste en découvrant son premier coquillage fossilisé.

Je persévérais :
— Je vous dis que je ne connais pas.
— Lui mon fils ! s'acharnait le second primate, si toi le voir, nous dire. OK ?

Je me souviens avoir supplié le ciel qu'ils partent ; les secondes s'étiraient à l'infini.

*

Dom est apparue et a fermé la porte d'un tour de clé. Les deux connards avaient fini par disparaître. Quant à moi, j'étais revenu dans le groupe. Mais tout ce qui s'y disait m'échappait, je ne voyais pas le rapport. Celui entre Letchi et ces deux clochards. C'était comme si le diable en personne avait organisé un jeu de piste.

Heureusement, nous nous sommes mis en marche. Jusqu'au centre-ville. Mais je ne pouvais m'empêcher de me retourner, toutes les dix secondes. Humilié, blessé par une coïncidence dévastatrice, je me sentais tourmenté jusque dans mon âme. Seule une poule mouillée, fraîchement débarquée dans un poste de transformation électrique haute tension, aurait pu entrevoir pareilles affres. Ça paraissait évident : il fallait quitter cette ville. Le lendemain ? Non, le soir même ! Au plus vite.

— Je te l'ai dit l'autre jour de ne pas leur parler ? a tout à coup déclaré ma voisine.

Je l'ai regardé, interloqué.

— La photo qu'ils t'ont montrée, insistait-elle...

Mais où voulait-elle en venir ? Bon sang, elle n'allait pas s'y mettre aussi...

— C'était pas son fils.

— Comment ça ? ai-je fait.

Elle m'intriguait.

— C'est le mien, c'est mon fils. L'autre, pas le père, jamais de la vie, juste un sale voyou.

Letchi... le fils de cette Roumaine ? Letchi venait de Tchétchénie, bordel !

— Viens, suis moi, a-t-elle rajouté.

— Quoi ?

— Chut... viens, a-t-elle insisté, en me tirant le bras.

Désemparé, je la suivais. Une fois encore.

* * *

[10]

Le carillon de Saint André venait de retentir. Huit fois. Les rues, déjà désertes, semblaient succomber aux morsures de la nuit. Gloire au froid. Régulièrement, au-dessus de nos têtes, des bras apparaissaient, puis disparaissaient, claquant durement les volets, afin de les refermer sans perdre de temps ni de chauffage. Je commençais à me lasser de cette marche nocturne et mon intuition me commandait de laisser tomber. Mais j'étais curieux, intrigué, trop anxieux pour renoncer à l'espoir de recueillir de nouvelles informations. Toute cette salade avec Letchi : et un père ici, et une mère là.

Nous nous éloignions de l'abri de nuit. À la vérité, je trouvais cela dangereux, car l'heure tournait. Passé une certaine heure, Georges ne nous laisserait plus rentrer, froid ou pas froid. Bien que le faisant remarquer, j'ai été exhorté à disperser toute forme d'inquiétude. Et à la fermer. Il est des instants où la détermination féminine, fut-elle portée par une chieuse bariolée en bottillons jaunes, ferait flancher sur le prix un éleveur du Berry au marché de Sanfoins. Hélas, il me semblait plus simple d'obtempérer, aussi me suis-je tu.

Vingt minutes de marche forcée s'ensuivirent. Ça n'en finissait plus. Mains dans les poches, menton rentré, je me sentais raillé par le froid glacial. Et il m'équarrissait de toute part. Mystérieusement, j'avançais toujours. Quelle était cette créature dont mon crâne souffrait le martyre ? Ses crocs acérés se plantaient dans chacune de mes tempes, et je croyais les entendre se fendre. De sa gueule enfouie dans les brumes fumantes de mon propre sang, elle s'attaquait déjà à l'os.

Tout à coup, une voix m'a extirpé du songe. C'était la cheffe d'expédition :

— Ça y est, voilà, a-t-elle fait.

Elle se frottait le nez en n'arrêtant pas de faire des signes en direction d'un vieux tacot.

— Quoi ? Tu m'as fait parcourir tout un chemin de croix pour cette espèce de bagnole ? me suis-je exclamé.

Mais rien ne l'atteignait :

— Cette espèce de bagnole, comme tu dis, c'est la mienne...

Elle l'a ouverte. Juste comme ça, sans clé.

— Allez, monte !
— Hein ?
— Dépêche-toi !

Alors, je me suis assis. À la place du mort, comme on dit.

*

Elle a ramassé une boîte de biscuits sous son siège. C'était une vieille boîte en fer-blanc avec des illustrations colorées où l'on voyait des enfants jouer dans une cour de ferme au milieu d'animaux. J'ai eu la troublante impression d'avoir moi-même tenu cette boîte en mains lorsque j'étais enfant. J'ai dit « Proust », mais elle m'a répondu qu'elle n'avait rien compris et, dans un sens, c'était normal. Ensuite, était-ce le froid, encore plus mordant d'être assis là sans bouger, ou l'odeur de l'essence, qui me rappelait une de mes premières guimbardes roulantes, je n'ai pu m'empêcher de présager une suite à la sauce Pandore. Délicatement, et non sans quelques excès de dévotion, elle a détaché le couvercle de l'objet en poussant avec ses petits pouces. Elle semblait retenir son souffle. C'était long. Puis, sous l'effet du mouvement oblique, une lumière blanche de lampadaire s'est reflétée à la surface du reliquaire, renvoyant un vif éclat sur moi, en plein dans les yeux. J'allais ouvrir la portière pour me casser. Elle commençait sérieusement à me sortir par les trous. Cependant, lorsque j'ai vu Letchi, Letchi Aminat, encore lui, là dans la boîte, la même photo, celle que tenait ce con de Tchétchène tout à l'heure, j'ai senti une force aveugle lier défini-tivement mon sort à celui de cette femme assise à côté de moi.

*

Contrairement à ce que j'imaginais, elle ne venait pas des Balkans. Et elle n'était pas roumaine. Ses yeux verts furieux, sa tignasse rousse feu et sa peau terre de sienne ne sortaient ni des reliefs karstiques du Rhodope, ni du bassin du grand Danube, car d'après les papiers qu'elle me tendait (et reprenait), elle était native de Goudermès, une ville du nord de la Tchétchénie.

Elle s'appelait Seda, Seda Aminat. C'était bien la mère de Letchi, tout le confirmait : les papiers, les photos de famille ; je ne pouvais plus en douter. Quel cirque. Elle me racontait sa vie au fur et à mesure que défilaient les photos. Certaines étaient décolorées, jaunies par le temps. Apparemment, Letchi était né d'une relation hors mariage. Ce qui était assez mal vu en Tchétchénie. Le père de Seda, Mélor de son prénom, avait découvert la grossesse de sa fille. Pas bon. Il l'avait laissée allaiter le bébé durant les trois premiers mois puis l'avait jetée à la rue en retenant l'enfant. « Pour laver l'honneur de la famille ! » répétait Seda en l'imitant. Loin d'être au bout de ses malheurs, elle aurait ensuite été récupérée par Kazan, un ancien compagnon d'arme qui aurait sauvé la vie de Mélor. Seda ne s'arrêtait plus, il fallait qu'elle raconte. Ça se passe en 1994, les troupes russes viennent juste de rentrer en Tchétchénie, la résistance s'organise. Kazan et Mélor intègrent un bataillon d'indépendantistes. Un jour, alors qu'ils montent la garde à la sortie de Grozny, vers midi, un obus est tiré sur eux tandis qu'ils repoussent les Russes. Protégés par le mur du garage où ils se cachent, ils s'en sortent plutôt bien. Kazan aide Mélor à se relever, mais au même moment l'ennemi surgit derrière lui et le projette violemment au sol. Dans la foulée, le fusilier russe le frappe à grands coups de crosse, lui réduisant la moitié du visage en bouillie. Quand Kazan referme l'œil droit, miraculeusement épargné par son tortionnaire, son large dos recouvre toujours le père de Seda, lui aussi évanoui. Peu après, le Russe, rassasié de violence, serait reparti, persuadé de les avoir laissés pour morts. Tout en racontant, Seda faisait passer méthodiquement des photos de Kazan entre ses mains et les miennes. *Quelle sale gueule,* me suis-je dit. Elle était toute déformée. C'était un grand gaillard originaire des reliefs sauvages des montagnes du Caucase. Physiquement, il paraissait capable de soulever un tronc d'arbre d'une main, un ours de l'autre. Les photos continuaient d'aller et venir. Il y avait des hommes, souvent vêtus comme des chasseurs, avec des sourires effrayants ; des vieillards, des femmes et des enfants aux pupilles noires, comme des trappes ouvertes sur l'infini. Ils étaient là, parmi des bâtiments en ruines aux murs calcinés, criblés de trous et maculés de sang séché. Je demeurais sans voix, complètement stupéfait. Letchi avait donc grandi dans cet enfer sur terre. Je comprenais mieux sa manie d'être imperméable à tout. C'était un garçon singulier, avec un regard d'aigle. D'un calme glaçant, il vous observait en silence et vous laissait parler, sans jamais laisser paraître la moindre émotion. Son corps tout entier trahissait déjà l'endurance dont il était assurément capable. Bien que jeune, il avait aussi du charisme, porté par une voix grave, profonde, rauque, trop rude pour son âge. Il avait dû en passer, des heures, là-bas, en enfer, à crier, à racler sur ses cordes vocales. Sacré gamin. Il allait falloir que je dise tout à sa mère, maintenant. Je décidais de la laisser d'abord achever son récit, car Seda me parlait encore de l'espèce d'Éléphant Man de bûcheron des bois sauvage. L'odyssée barbare en Tchétchénie me rendait littéralement bouillonnant de curiosité. Je ne ressentais plus le froid, ni l'épuisement. Elle me rapportait que Kazan était un habitué des trafics les plus odieux mais qu'il lui en fallait toujours plus. Sorti des rangs des indépendantistes, il ne pouvait pas s'empêcher de taper dans tous les râteliers du conflit qui, à l'instar de toutes les guerres, offrait des opportunités d'enrichissement absolument faramineuses. Il avait commencé en donnant dans le rançonnage avec des mercenaires russes volontaires, les Kontraktnikis, connus pour leur cruauté, capables de toutes les horreurs possibles. Leur plus belle trouvaille - après le pillage, les viols et les meurtres qui ne rapportaient pas beaucoup - était l'enlèvement de civils, qu'ils restituaient à leur famille moyennant le paiement d'une forte somme d'argent. Kazan était un monstre psychopathe. Sa réputation l'avait ensuite conduit au contrôle du marché pétrolier illégal dans les districts de Goudermes. Depuis le perçage des oléoducs, jusqu'aux circuits de distribution, Kazan veillait au bon acheminement du liquide. Tant que le conflit existait, les profits rentraient. Il suffisait de poser quelques bombes en pleine nuit, d'attaquer les postes de contrôles, et les opérations antiterroristes reprenaient, la guerre continuait. En temps de guerre, l'argent vient du sang. Et de l'argent, Kazan en avait amassé beaucoup. Suffisamment pour commencer à diversifier ses activités. Il ne lui restait plus qu'à sécuriser l'avenir. La stratégie prévoyance du monstre reposait entièrement sur son vaste réseau. Ce même réseau qui lui avait permis de s'installer en France et de poursuivre ses trafics en tous genres, parmi lesquels un nouveau venu : la prostitution. Ce juteux business, facile à mettre en place, Seda en avait fait les frais. Les filles du pays, de jeunes mamans, isolées ou dont le mari avait disparu, étaient envoyées dans le sud de la France pour y faire le tapin sur des trottoirs, des parkings et des aires d'autoroute. Passeport confisqué, enfants retenus, menacés de maltraitances : elles avaient intérêt à faire le job.

— Attends... Si je comprends bien, Kazan est en France ?

— Oui, à Gap.

— Gap ? Sérieusement ? Pourquoi là-bas ?

— C'est une petite ville. Ils n'ont pas les moyens de gérer un trafic de cette ampleur. Et puis, ce n'est pas très loin de Marseille.

— Donc toi, tu travaillais pour lui à Gap ?

— À Marseille. Son trafic est à Marseille. Gap, c'est sa planque.

— Et comment ça se fait que tu aies décidé de fuir ? Tu n'as pas eu peur qu'ils tuent Letchi ?

À ce moment, j'ai vite compris ma bourde. Mais d'un autre côté, j'avais l'intention de lui en parler, de lui dire que je connaissais Letchi.

— Letchi ? Tu as dit Letchi ! Comment tu connais son prénom ? a-t-elle aussitôt hurlé.

J'ai répondu :

— Oui, c'est vrai, je le connais, je vais t'expliquer. Mais d'abord termine ton histoire. Pourquoi as-tu quitté Marseille et...

Pas le temps de finir, sa tête était devenue toute rouge et, déjà, elle me menaçait :

— Parle ! Parle ou je t'éclate la cervelle !

Puis, elle a plongé une main sous son siège et l'a ressortie avec un gros pistolet. Qu'est-ce qu'elle foutait avec un engin pareil ? Bon sang, elle le secouait vers moi ! Ses yeux étaient possédés. J'ai voulu repousser le bout du canon, trop menaçant à mon goût...

Putain, le coup est parti !

***

[11]

Il paraît qu'on voit toute sa vie défiler en passant de l'autre côté. Moi, je n'ai vu qu'un épisode. J'attends la suite. Tout ce sang... Je me vide comme un tonneau percé.

— Hé ! Tu vas répondre, oui ?

Alors, ça y est, c'est comme ça que je finis ? Ma fille... J'aurais aimé lui dire au revoir. Johana, mon petit ange, si seulement papa pouvait te serrer dans ses bras, t'embrasser les joues, serrer tes mains...

— Ne te rendors pas, a insisté la voix.

J'ai remis Seda... Et les pendules à l'heure :

— Me rendormir ? Non mais t'as mis le fil rouge sur le bouton vert ou quoi ? Je suis en train de mourir au cas où t'aurais pas remarqué.

— Pfff, mourir... Allez, t'as rien. Réponds : d'où tu connais Letchi ? !

— J'ai rien ? Tu viens de me tirer dessus ! Je suis en train de me vider de mon sang...

— Grenaille...

— Quoi grenaille ?

— Grenaille, c'est un pistolet à grenaille. Ce ne sont pas des vraies balles mais des balles à blanc.

— Et le sang, c'est du semblant ? Regarde ! j'ai récupéré de l'hémoglobine sur mon manteau pour lui montrer...

— Pfff, ça, c'est quand tu t'es évanoui, tu t'es cogné la tête contre le tableau de bord, et tu saignes du nez.

C'est pourtant vrai que j'avais mal au nez. J'ai vérifié tout le reste : ma tempe, mon crâne, le visage : aucune blessure. Pas de trou dans la tête.

— Mais tu vas répondre oui, ou je te tue de mes propres mains.

Cette folle m'étranglait à présent.

— Mon fils... est-ce que tu sais où est Letchi ? Où est mon fils !

Mais plus elle me parlait de son fils, plus je pensais à ma fille. Et à la seule chose qu'il me restait d'elle :

— D'abord ma montre ! Il faut qu'on rentre à l'abri de nuit !

— Quoi, ta montre ?

Sidérée, elle a enfin cessé de me brasser. Profitant de cette brève accalmie, j'ai décidé de reprendre le contrôle :

— La montre que ma fille m'a offerte. On me l'a volée, à l'abri de nuit. Je veux la retrouver.

— Tu te fous de moi, c'est ça ?

J'avais intérêt à lui parler de Letchi :

— Letchi va bien, ne t'inquiète pas. Il est quelque part à Marseille, dans une espèce de... comment dire... une communauté, une sorte de collectif avec des artistes. Ils l'ont accueilli. Lui, il te cherche partout là-bas...

— Marseille ?

— Oui, Marseille. Seda j'en ai marre, je rentre à l'abri de nuit.

— Attends...

Trop tard, j'étais dehors. J'ai claqué la portière. Son arme ? Du pipeau. Je n'avais donc aucune raison de me laisser malmener davantage. Je ne pensais plus qu'à une chose : me coucher ! Loin d'elle. Quelle folle !

Pour un peu, Christian me manquait.

Demain, je retrouverai ma montre... C'est Johana qui me l'a offerte. Ensuite, je me tire de ce bled à la noix. Pour toujours.

C'est décidé. Dose ! Partir.

***

[12]

Georges m'avait laissé rentrer. Pas mal.

J'étais toujours vivant.

Tout allait bien.

J'ai commencé à compter pour m'endormir : un... deux...

Mais Christian ronflait comme un moteur de char.

— Hé oh ! lui ai-je lancé.

On peut rêver, ça l'a juste fait grommeler. Et il s'est rendormi aussi sec, reprenant de plus belle.

— Arrête de ronfler !

— Hein ?

— Mets-toi sur le ventre, ou sur le côté, fais ce que tu veux, mais arrête de ronfler.

— Argh... va te faire foutre...

Et ronfle. Christian dans toute sa splendeur. Bon allez, ça ne sert à rien de se plaindre.

Cent cinquante... tout à l'heure... cent cinquante et un... quand tout le monde sera réveillé... cent cinquante deux... je récupérerai ma montre... personne ne sortira d'ici tant que je n'aurai pas ma montre... zut où j'en étais ? Un... deux... et après... quatre, cinq... je me taille... six... je vais voir ailleurs si j'y suis...

— Christian nom de Dieu !

Bon... un... deux... Comment je vais expliquer ça à Seda moi maintenant... trois... quatre... elle ne va pas me lâcher, c'est sûr. Comment est-ce qu'elle va réagir ? Est-ce qu'elle est fiable ? Je pense que oui... Ce n'est pas elle qui va me dénoncer quand même. De toute façon, il faut bien que je l'informe de ce qui s'est passé, je lui en ai déjà parlé un peu, du reste, pour qu'elle puisse rejoindre son fils. Letchi va retrouver sa mère... Quel phénomène. Il avait raison, ce bourricot... Il traverse toute l'Europe pour retrouver sa mère, et ça va marcher ! C'est quand même un peu grâce à moi, en plus. Et c'est moi qui me fais tirer dessus ! C'est la meilleure.

Johana ma chérie... six cent cinquante-huit... ton papa il pense fort à toi... six cent cinquante-neuf... j'aimerais tellement que...

La porte s'est ouverte. Lumière et flash ! C'était Georges :

— Allez, debout là-dedans !

— Georges ?

— Quoi ? Debout je t'ai dit. C'est pas le tout de rentrer à pas d'heure, maintenant faut te secouer les miches, pas de temps à perdre, allez !

— Georges, je me suis fait voler ma montre.

— Mais non, y' a jamais de vol ici, faudrait qu'ait des voleurs pour ça. Allez magnez-vous ! Il est déjà six heures et on ferme à sept.

On va fermer rien du tout. D'abord ma montre.

Je me suis habillé pour rejoindre la salle du petit-déjeuner. J'allais faire mon enquête. Personne ne pourrait sortir d'ici tant que l'heure ne serait pas revenue à mon poignet.

Dans les escaliers (je les dévalais toute vitesse), des mous de tous âges, coupables potentiels, descendaient déjà au réfectoire.

— Poussez-vous ! Laissez-moi passer !

Aucun ne réplique, c'est normal, ils dorment encore. Je vais les réveiller moi, les ectoplasmes de la première heure. Ils vont savoir comment je m'appelle.

J'ai senti l'odeur du café remonter du réfectoire où j'entendais des voix papoter. Certains y étaient déjà ? Tant mieux ! Je gagnerais un peu de temps.

Une autre odeur flottait aussi, toujours la même, et je me suis demandé comment ils s'arrangeaient pour que ça pue comme ça, sans arrêt. À croire qu'ils aimaient bien.

Johnny était assis à sa table. L'air calme. Plus loin : Minot... Faire gaffe. Les filles étaient encore plus loin, mais je ne pouvais pas croire que ce soient elles.

— Hé, le somnambule, café, chocolat ?
— Noctambule, ai-je corrigé.
— Hein ?
— C'est noctambule, le mot que tu veux dire. Un grand café, Georges.
— Magne-toi, s'est-il agacé en me tendant le bol, on ferme à sept heures !

Je commençais à le savoir... Je me suis demandé si ça lui arrivait d'être gai. Mais d'un autre côté, je n'ai pas pu m'empêcher d'admettre qu'il m'avait laissé rentrer en plein milieu de la nuit.

« Ding ding tulut... Bonjour et bon réveil à toutes et à tous ! Nous sommes le jeudi 29 novembre. Bienvenue, si vous venez de nous rejoin...

J'ai coupé le téléviseur et lancé d'un ton ferme :

— Bon, mesdames et messieurs, écoutez-moi, j'irai droit au but, quelqu'un m'a volé ma montre et cette montre a une grande valeur pour moi...

— Ta gueule ! On s'en fout de ta vie, remets-nous les infos.

Pendant une seconde, j'ai paniqué. Minot s'était levé et fonçait sur moi. Tout le monde s'est tu.

— Attends, Minot, s'il te plaît ! Minot ? Minot ! Non ! Pose cette chaise... Ok, je te la remets, ta télé de merde.

« Ding ding tulut... C'était l'actualité de nos régions partout en France. Et maintenant... »

Minot a reposé la chaise. Ses yeux sont revenus à l'écran.

J'ai enchaîné :

— Allez, je vais passer auprès de chacun d'entre vous pour vérifier vos poignets.

Un jeune, plutôt timide se trouvait juste à côté de moi. Ça tombait bien. Il avait l'air gentil. Un peu gringalet, et c'était touchant de le voir avec ses tartines de beurre et de confiture. Autant commencer par lui.

— Jeune homme, je peux voir vos poignets s'il vous plaît ? ai-je soufflé calmement.

— Tu peux voir wallou ! Tu me traites de voleur c'est ça ?

Il résistait, ce petit con ! Surtout ne pas se démonter, ce n'était pas le moment de faiblir. Si je parvenais à imposer ma volonté à celui-ci, les autres suivraient comme des moutons. C'est comme ça que l'humain fonctionne.

— Voyez-vous, jeune homme, ai-je appuyé, quand je décide quelque chose, je vais toujours au bout de ma démarche. Montrez-moi vos poignets.

— Va chier...

Bon... nul doute qu'il était bien parti pour m'emmerder celui-là.

— Taisez-vous, le reprenais-je. Bon, qu'est-ce que vous voyez en observant la nature ? Je vais vous le dire... Hé !

Il m'a poussé, je n'ai pas rêvé...

— Tu parles trop, bouffon.

Comment ça, je parle trop ? C'est moi qu'il a appelé bouffon ? Bon sang, nul doute que ce jeune répondait à une logique hybride. Une créature tout droit sortie de la mythologie grecque ou d'un poème d'Hésiode. Un genre d'hydre au corps d'insecte. Il n'était pas si timide que ça l'animal. Un de ces êtres à multiples facettes... qui contraignent le philosophe à troquer la dialectique pour la musculation ou les arts martiaux, histoire de mieux faire passer ses idées. Objectivement, je n'ai jamais eu de connaissances en matière de lutte, je devais absolument éviter la bagarre, et user de l'intelligence. J'allais le feinter le tipulidé.[4]

---

[4] Insecte volant agaçant, communément appelé cousin.

— Très bien, je vois que vous voulez en découdre, tant pis pour vous. Dans ce cas, je vous défie au bras de fer !

Ça y est, il n'a plus rien dit (avec ses petits bras).

— Alors ? ai-je insisté.

— Dégage !

Con de jeune. Vraiment.

— Dis donc, moi quand j'avais ton âge je respectais les plus vieux. Sans blague.

— Ah ouais ? Eh ben moi quand j'aurai le tien je foutrai la paix aux plus jeunes. Alors tu dégages et tu me fous la paix.

Mince, il était robuste le minus.

Plan B :

— Écoutez-moi, tout le monde : j'offre une récompense de vingt euros à quiconque retrouve ma montre. Elle est ronde avec un bracelet en cuir bleu foncé et un cadran bleu clair. Merci de votre attention et bonne journée.

La salle se marrait maintenant. Même Minot rigolait. C'était bien la première fois que je le voyais rire. On ne voyait pas ses lèvres. Sa moustache forte comme un buisson mal taillé les recouvrait, mais à en juger par les secousses qui l'agitaient de la tête aux épaules, il se marrait sur moi ce con.

C'est ça, paye-toi ma tête...

Vous avez de la chance que je sois bien luné.

***

[13]

Après ce bide, Georges a menacé de m'exclure plusieurs nuits. Il disait que j'avais intérêt à me ressaisir, quelque chose comme ça. Sur le coup, j'ai cru qu'il en rajoutait des caisses. Quel cinéma ! Et bien sûr, personne n'avait coopéré avec moi... La récompense de vingt euros ? Que dalle. Aucune trace de ma montre. Décidément, la poisse ne me lâchait pas.

En route pour la Boutique de jour, Seda marchait collée-serrée derrière moi, comme pour s'assurer que je ne me perde pas. Je voyais bien qu'elle se consumait d'impatience, qu'elle brûlait de connaître la suite sur Letchi. À sa place, j'aurais réagi de la même manière. Sauf que moi, je ne tirais pas sur les gens.

Elle s'est mise à parler :

— Au fait, pour ta montre, t'inquiète pas, tu vas la retrouver. La Saint-Rémi est dans huit jours. Tu verras, elle réapparaîtra.

Sur le coup, je n'ai rien capté. Mais de quoi me parlait-elle, nom de Dieu ! Elle devait être fatiguée, avait dû compter toute la nuit, dépasser les mille. Je savais qu'il fallait se purger à la Saint Léger, que l'hiver était en chemin à la Saint Firmin, mais retrouver sa montre à l'abri de nuit à la Saint Rémi...

— C'est quoi cette histoire ? ai-je demandé.

Ce n'était pas le moment de louper une info, malgré tout.

Elle m'a répondu par une autre question. Elle me gonflait en ce moment.

— Tu ne connais pas la Saint-Rémi ?

— Ben non... Enfin, si, mais je ne vois pas très bien le rapport avec ma montre.

— T'es nul, faut tout t'expliquer, s'est-elle permis.

Pour qui elle se prenait ? Elle a continué :

— Ça va, détends-toi. Le RSA, avant, ça s'appelait le RMI.

Super... Heureusement qu'elle est là...

— Attends ! a-t-elle insisté. Quand le RMI tombe, les SDF appellent ça le jour de la Saint-RMI.

— Et ?

Je ne voyais décidément pas le rapport.

— Et... dans huit jours, c'est la Saint-RMI. Huit jours, c'est long ! Donc, pour vingt euros, il y en a forcément un qui va te rencarder.

Elle avait peut-être raison.

*

Bel et bien, durant la marche, les gars ne parlaient plus que d'argent. Beaucoup se plaignaient de ne même plus avoir de quoi se payer des clopes, que la fin de mois avait réduit leurs recettes de la manche comme peau de chagrin. Les plus accros étaient déjà hargneux.

L'état de manque, la promiscuité, l'hiver qui se durcissait : tout ça n'arrangeait pas les relations. La tension montait, et ça pouvait dégénérer ou virer à la baston à tout moment.

J'ai présagé que l'accueil de jour ne désemplirait pas de la journée. Et j'ai compris pourquoi. Bon sang, Christian, Johnny, Minot : même eux s'y rendaient spontanément, sans détour. D'habitude, on les voyait un peu à midi, ensuite, ils disparaissaient, jusqu'au soir. Et l'accueil de jour gardait son calme. Normalement.

Mais aujourd'hui, l'équilibre semblait fragile.

***

[14]

C'est Gérald qui a ouvert la boutique.

Comme à l'accoutumée, il est arrivé un peu en avance pour faire chauffer l'eau pour les cafés, avant de disposer les invendus de la veille d'une boulangerie de la ville où travaille sa fille dans de petites panières à pain posées sur les tables. Aujourd'hui, il y a beaucoup de brioches, une abondance de pains aux raisins et quelques croissants, de tailles et de cuissons différentes.

Malgré l'affluence, l'installation s'est faite dans le calme. Avec un peu de chance, il ne devrait pas y avoir d'incident, il connaît bien les gars et sait comment s'y prendre avec eux.

Sa méthode est simple : beaucoup de bienveillance, de petites attentions et... un tee-shirt. Rien qu'un tee-shirt. C'est sa tenue de travail. Dès qu'il pose la main quelque part ou soulève quoi que ce soit - une chaise, une table, une petite cuillère -, ses muscles (il en a partout) se contractent, se tendent, tremblent, comme si de l'électricité les traversait. Une vraie armoire haute tension. La plupart des gars préfèrent être en bons termes avec lui. Il fume des cigares. Des gros. Sa peau, tannée par le soleil, reste cuivrée toute l'année, été comme hiver. Et il parle. Il adore ça. Tout le temps. Il ne s'arrête jamais. Sauf dehors, devant la porte, quand il tire sur son havane. Mais dès qu'il a recraché la dernière bouffée, il redébite un flot ininterrompu de paroles, donnant l'illusion qu'il pourrait manquer d'air tant la fumée s'échappe encore de sa bouche.

Gérald est passionné de chevaux. Dans toutes ses histoires, il y en a. Il parle souvent des grandes plaines d'Amérique du Nord, où il aurait tenu un élevage et, toujours d'après ses dires, sympathisé avec des Indiens, dont il cite sans cesse les phrases : « L'homme n'est pas un chien, si on lui lance une pierre, il ne doit pas se retourner contre elle, mais contre celui qui la lance. Quand tu fuis un cobra fais gaffe : tu risques de croiser un scorpion. Si t'es petit comme une fourmi, flatte les éléphants, tu vivras longtemps ». Ce genre de trucs. Pas toujours facile à recaser dans une conversation. Mais les gars adorent.

— Bon alors, quand tu auras fini d'observer tout ce que fait Gérald, tu pourras peut-être me parler de mon fils !

Seda ne me lâchait pas des yeux. Ça devait bien faire une demi-heure qu'elle me surveillait sèchement, depuis que nous nous étions accoudés à cette table, près du petit comptoir où Gérald servait les cafés, avec une fixité peu commune chez le genre humain. Je la sentais prête à me bondir dessus. Et puis, impossible de résister à l'envie de la faire marronner un peu. Cette folle m'avait tiré dessus quand même.

La porte d'entrée s'est ouverte.

— Oh, regarde, lui ai-je fait, il y a la dame au tee-shirt rouge qui essaye de rentrer. Elle a l'air de...

Elle m'a coupé :

— S'il te plaît arrête...

En le disant tout bas.

C'est fou ce qu'un murmure peut avoir comme portée. D'un coup, j'ai eu l'impression d'être sadique.

— Bon d'accord, je vais tout t'expliquer.

Elle s'est figée. J'ai repris :

— L'an dernier, en décembre, ton fils est arrivé en France par ses propres moyens...

— Ça, je sais, et après ?

Étonné, j'ai voulu lui demander comment elle le savait, mais son air m'a fait comprendre qu'il valait mieux que je continue.

— Oui, bon... Ensuite, il a été placé dans un foyer de l'enfance. C'est normal, il était mineur, seize ans. Et ce foyer, tu vas rire : le directeur, c'était moi.

— Bon... Il est où, Letchi !

— Attends, j'y viens... Il a appris que tu étais à Marseille. Je crois qu'il a parlé d'une tante qui l'en aurait informé. C'est pour ça qu'il est venu en France. Tu as une sœur en Tchétchénie ?

Seda a baissé les yeux, mordillant sa lèvre inférieure. La voix étranglée, elle m'a commandé de poursuivre.

— Bon, alors voilà. Pendant les vacances de Noël, j'ai emmené Letchi à Marseille, pour qu'il voie la taille de la ville. Je voulais lui montrer qu'il ne pourrait pas t'y retrouver... Mais il est têtu, ce bourricot. Ben quoi ? Pourquoi tu me regardes comme ça ? Bon, je continue. Il y avait deux autres jeunes qui nous accompagnaient : Adria, et Linda. Je ne sais toujours pas comment elles se sont débrouillées, mais elles ont réussi à convaincre des espèces d'artistes, le genre illuminés tu vois : *good vib, bad trip, yes, no, maybe, you're not the boss of me now...* Bref, de les accueillir dans une communauté près de la gare Saint Charles. Des vieux bâtiments qui servaient autrefois à l'industrie du tabac. Les mecs vivent sur place en sauvant la planète toute la journée. Ceci dit ils font de mal à personne. Bon, donc, après moult tractations...

— Moute ?
— Oui moult ! Beaucoup quoi... j'avais réussi à les ramener au foyer. Sauf qu'au bout d'un mois, Letchi voulait retourner à Marseille pour te chercher. Il ne mangeait plus, et j'avais peur qu'il fasse une connerie. Letchi, ce n'est pas le genre à faire dans la demi-mesure, ça, je l'ai compris tout de suite. Il m'avait confié vouloir tuer un sale type qui avait mis enceinte l'une des deux filles, Adria, dont il s'était mis en tête de reconnaître le bébé. Va comprendre. Ensuite, ils partiraient ensemble à Marseille, tous les deux. Ou plutôt tous les trois. Ben oui, le bébé, quoi... Bon, tu suis ou pas ? J'ai eu peur pour eux. Je sentais qu'il était capable de passer à l'acte. Alors, j'ai avancé son projet de départ, en faisant croire à des fugues. Et c'est moi qui les ai emmenés là-bas, à Marseille, en voiture, chez les babas cool. C'est pas terrible-terrible, mais bon... c'est pas non plus des mecs qui se piquent,

ou des punks à chien. Qu'est-ce que je pouvais faire ?

Seda se taisait. J'ai compris qu'elle attendait la suite.

Alors j'ai déroulé :

— Bref. Quelques semaines plus tard, Linda, l'autre fille, se morfondait de leur absence au foyer. Elle se sentait abandonnée, déprimait sec, et se dégradait littéralement de jour en jour. Elle ne tenait plus sans eux. Alors, j'ai refait le coup de la fugue, puis encore un trajet, pour l'emmener les retrouver. Et une fois sur place, en voyant Letchi et Adria, comment ils étaient, leur nouvelle vie, tout ça, j'ai compris que j'avais bien fait. Les jeunes allaient mieux, ils étaient transformés : leurs yeux pétillaient, leurs joues avaient repris des couleurs, le bébé allait bientôt naître et ton fils était convaincu qu'il te retrouverait. "Quand moi retrouver ma mère nous connaître liberté !" répétait-il tout le temps.

— J'ai peur... a murmuré Seda. Il risque la mort à Marseille si Kazan le retrouve.

J'ai essayé de la rassurer :

— Oui, sauf que ton Frankenstein de Kazan, lui, le croit ici ! C'est pour ça que les autres abrutis le cherchent.

— Mikail et Chirvan ? Abrutis oui, mais dangereux. Et Kazan il sait tout. Il finit toujours par tout savoir...

Quand on parle du loup... Tu parles d'une coïncidence merdique. Stupéfaits, nous fixions des yeux la porte d'entrée qui venait de s'ouvrir. Mikail et Chirvan ! Tout le monde s'est tu. Gérald, qui discutait avec nos voisins, appuyés comme nous sur le plateau du petit comptoir, s'est immobilisé lui aussi, observant la scène avec inquiétude. Ils se sont dirigés vers la dame sans âge au tee-shirt rouge, assise devant son café près du gros radiateur. Le plus petit des deux, Mikail – encore lui, ça doit être le chef – s'est adressé à elle sans s'émouvoir plus que ça de la poussée de méfiance en cours sur eux.

— Venir avec nous maintenant !

Son con de binôme déambulait lentement entre les tables, passant devant nous, près du comptoir, et nous confrontant, hélas, à plus d'attention.

Mais qu'est-ce qu'il a, ce naze, à nous regarder comme ça ? me suis-je dit.

Gérald a incliné la tête, sans perdre une miette de ses mouvements.

— Fous-moi la paix ! a répondu la femme à l'autre qui était resté planté devant elle, j'veux plus... vous entendez ? J'veux plus !

Chirvan, après avoir fini d'inspecter les tables et de nous toiser, s'est précipité vers l'impotente pour accomplir les tâches qui lui étaient manifestement dévolues, et tentant de lui saisir le bras – d'un geste, soit dit en passant, fort maladroit – il a retourné son propre agacement contre lui-même, tandis que le petit belliqueux grimaçait de mécontentement. Échappé des mains de son assaillant, l'avant-bras graisseux de l'exténuée s'est écrasé sur la table, où son autre main s'agrippait désespérément. L'impact a résonné comme une déflagration, alors que l'attaquant, sot et bredouille, moulinait des bras pour retrouver l'équilibre et ne pas tomber à la renverse. Non content de son air agressif, il ne laissait pas de cultiver une bonne parcelle de crétinisme. La scène était juste affligeante. À côté de ce gus, un skinhead aurait paru futé. Cependant qu'une légère (très légère) envie de sourire à son échec me gagnait, une chose m'a intrigué : mais qu'est-ce qu'ils lui trouvaient à cette gaupe ! Ce n'est pas contre elle mais, franchement, dans son état, elle aurait effrayé un loup-garou.

Là-dessus, Gérald a posé son torchon et a quitté l'enclos à vaisselle :

— Messieurs ! a-t-il crié. Je vais vous demander de sortir. Cette dame est libre de rester ici si elle le souhaite.

Montrant du doigt la sortie, il anticipait toute méprise possible sur le plan de circulation. Mais l'autre, Mikail, n'envisageait pas la même suite à l'affaire en cours. Et, tendant le doigt (lui aussi) en direction de notre Gérald – ambiance western, colts Smith & Wesson en moins – déclarait :

— Toi ! Occuper de tes affaires !

Il ne manquait plus que les chevaux attachés dehors. Gérald plissait les yeux... Il était une fois à Châteauroux, Le bon, la brute et l'abruti, Et pour quelques torchons de plus... Lenteur, ralenti, gros plan, cils figés :

— Justement, rétorque Le Bon, tout ce qui se passe ici, C'EST mes affaires.

Je réalise alors combien je n'avais pas imaginé qu'il puisse avoir autant de veines, ni qu'elles puissent gonfler à ce point. Ce n'était pas le moment qu'il s'en pète une au cerveau à se tendre partout comme ça. Et d'une cause déterminée résultant nécessairement un effet, Christian qui observait la scène fit de l'effet en question une nouvelle causerie :

— Ouais, cassez-vous ! Partez !

— T'en mêle pas Christian, je gère, a précisé Gérald.

— J't'emmerde ! Je m'en mêle si j'veux ! Tu m'dis pas c'que j'dois faire, t'entends ! C'est pas un salop comme lui qui va me faire peur !

Et se tournant vers le salop en question :

— Ouais, argh... vous la faites geler de froid pour que les gens donnent plus d'argent que vous l'obligez à faire la manche, bande de pourriiis !

Je n'avais jamais vu Christian aussi rouge ; même en fin de journée. C'était donc ça l'intérêt qu'ils portaient à cette vagabonde ! La faire mendigoter pour eux...

— Partez ! s'y est mis Minot.

Ça risquait de dégénérer mais heureusement Gérald gardait le contrôle de la situation :

— Allez... Messieurs ! Dehors, ou j'appelle la police.

— Vous morts !

Le plus grand venait de désigner Christian et la pauvre femme du bout de l'index. Tant qu'à faire : des cibles fragiles...

À présent Gérald joignait le geste à la demande. Écartant les bras, il poussait les deux intrigants vers la sortie. On aurait dit un véritable dresseur de chevaux. Il avait sans doute appris cela dans les réserves indiennes. Étonnamment, ça payait : Mikail et Chirvan, alias la tique et le moustique, reculaient, un pas après l'autre. La distance qui les séparait de l'extérieur se réduisait enfin, tandis qu'un long silence suspendait le temps. L'horloge battait, un torrent de perplexité déferlait dans l'inconscient collectif, dilaté par le stress. Tic, tac...

Qui avait pu accoucher pareils charognards ? Dans un songe, j'assistais à leur âpre naissance : assise près d'une hyène, une vétérinaire hurlait...

L'infection du liquide amniotique... ils en étaient la cause !

Si seulement le placenta puant avait enveloppé leur vilaine tête, on se serait réjoui de leur étouffement.

La porte s'est entrouverte, l'air frais pénétrait. Voilà, ça y est, elle s'est refermée : adios vilaines créatures ! Leurs regards haineux ont disparu et leur odeur de mort s'est évaporée.

Pour autant, il fallait s'attendre à des suites. Car tout indiquait le retour imminent des trois huit dans l'industrie de la vengeance. Un carnet de commandes rempli sous le signe des ennuis. Il y a des gens comme ça : vous croisez leur route, et vous vous retrouvez le doigt coincé dans un engrenage mécanique à vis sans fin, entraîné et broyé par le mouvement lourd des pignons graissés à l'huile d'avanie. Votre perte est lente, mais atroce et sûre. Il suffisait de voir l'état de cette pauvre femme pour comprendre.

Aussitôt soulagé des deux verrues, le blabla reprenait bon train :

— Pas croyable ça !
— Bien parlé Minot !
— Ouais, confirmait celui-ci.

Un autre :

— T'as bien fait de les virer Gérald ! Non, mais y se croivent où ?

Me tournant vers Seda, qui ne me quittait pas des yeux :

— Alors, toi, dis-moi maintenant : comment as-tu su que Letchi se trouvait ici à Châteauroux ?

— Ça t'étonne hein ? souriant enfin.

J'aimais bien lorsqu'elle souriait...

— Évidemment, ai-je rétorqué.

— Bon, je t'explique, a-t-elle continué. Il y a un bar à Goudermes, près de la maison du père. C'est Zohra, ma sœur, qui le tient. Souvent, je l'appelais et, discrètement, elle allait chercher mon fils, Letchi, ce qui nous permettait de nous parler. C'est elle qui m'envoyait des photos de lui, celles que je t'ai montrées hier. Grâce à ça, je pouvais le voir grandir. Un jour, elle m'a tout raconté...

Comme elle gardait le silence, je lui ai demandé :

— Raconté quoi ?

— Elle m'a dit que Letchi avait quitté le pays et qu'il était ici, à Châteauroux. Alors, je me suis enfuie pour le retrouver.

— Je ne comprends pas... Comment Zohra pouvait-elle savoir qu'il était ici ?

— C'est Letchi ! Mon fils. Il a eu la même idée que moi : il appelait Zohra au bar. Bien sûr, elle lui a demandé où il était... Zohra, on peut lui faire confiance, tout le monde le sait dans la famille. C'est pas elle qui irait raconter quoi que ce soit à Kazan. Elle l'aime pas.

— Elle l'aime pas, elle l'aime pas... et comment il l'a su alors ?

— Ça, je n'en sais rien... tout ce que je sais c'est qu'il finit toujours par tout savoir. En tout cas, il ne l'a pas appris par Zohra... Jamais Zohra ne trahirait. Letchi, c'est son son neveu, et elle le protégeait comme son propre enfant !

— Et les deux autres là, Mikail et machin, on dirait qu'ils ne te connaissent pas. Comment ça se fait qu'ils puissent connaître Letchi et pas toi ?

— Ça... je n'en sais rien, et je préfère pas savoir. Mais une chose est sûre : depuis que j'ai quitté Marseille, Kazan ne sait pas où je suis, sinon je serais déjà morte depuis longtemps.

Dans sa bouche, la mort sonnait autrement, « moôrrte' » ; un accent envoûtant. Pourtant, je restais concentré :

— Sauf s'il se sert de toi, en te faisant surveiller par les autres, pour que tu le conduises à ton fils.

Elle a marqué un blanc.

— T'ont-ils déjà demandé si tu avais vu Letchi, comme ils l'ont fait avec moi et à peu près tout le monde ?
— Non.
— Et tu ne trouves pas ça bizarre ?
Elle me fixait sans bouger. Quand sa paupière tremblait comme ça, c'est que son sang bouillonnait. Je commençais à la connaître.
Elle s'est contentée d'acquiescer, puis :
— Accompagne-moi à Marseille, aide-moi à retrouver Letchi !
C'est vrai qu'elle puait sévère cette histoire. Il n'y avait rien de clair. Seda me fixait encore, ce regard... Qu'avais-je d'autre à faire ? J'étais en cavale, ma vie déjà bien foutue se compliquait de jour en jour et je voulais me tirer.
— Attends, je réfléchis...
C'était l'occasion de revoir les jeunes, en plus.
Seda tremblait d'impatience.
— Admettons que j'accepte, tu me donnes ta parole que tout ça restera entre nous ?
— À qui veux-tu que j'en parle, enfin ? !
— À la police, par exemple. J'ai aidé des jeunes à disparaître dans la nature ; ce n'est pas rien quand même. En mon âme et conscience, ça va, mais devant la loi, c'est passablement plus...
— Ah ben oui, oulala, passablement... s'est-elle moquée.
— Arrête, j'ai tout perdu. Alors, ce semblant de liberté, cette cavale qui durera ce qu'elle durera, me va mieux qu'une cellule de béton, tu comprends ?

Son visage s'est assombri.

— Chez nous la liberté est un bien précieux ! a-t-elle déclaré. Tu as ma parole, si tu m'aides à retrouver Letchi, jamais tu regrettes.

— On va voir, mais d'abord, il faut que je retrouve ma montre.

Elle a accepté (comme si elle avait le choix), en ajoutant que si, à la Saint Rémi, je ne l'avais pas retrouvée, on partirait.

***

[15]

Avant le départ

Châteauroux, la Boutique de Jour, mardi 4 décembre 2018, 08 h 30.

Toujours aucune trace de ma montre.

Les journées se suivent et se ressemblent : jamais je n'aurais imaginé qu'être vagabond puisse mener à une telle routine.

Seda a repris du service, toujours avec son accoutrement. Elle *travaille* tous les jours pour préparer le voyage à Marseille. Elle veut, comme elle dit, « mettre un maximum de cash dans le buffet ». Je lui ai dit que j'avais un peu d'argent pour voir venir (entre l'abri de nuit et l'accueil de jour je n'ai rien dépensé), mais elle ne veut rien savoir. Pour elle : « L'argent, il vaut mieux en avoir trop que pas assez ». Un vieil adage, traduit dans beaucoup de langues. Alors, par la force des choses, je fais plus ample connaissance avec ceux qui, comme moi, passent leur journée à la Boutique. Parfois, quelque chose se crée entre nous.

*

Aujourd'hui c'est René qui travaille. Ça devait être Gérald, mais une de ses juments a eu un problème de digestion à cause d'un bouchon. Un bouchon dans l'œsophage, quelque chose comme ça. Il n'est pas clair René, quand il explique. Mais ce qui est sûr, c'est que Gérald n'a pas pu venir. C'est qu'il manquerait. Manquer le travail à cause d'un enfant malade, j'avais déjà entendu, mais à cause d'une jument... Ça, c'était une première ! D'ailleurs, ça a bien fait rire tout le monde.

Teddy le moustique a voulu l'imiter :

— Allô ? J'peux pas venir bosser, mon cheval est malade... Est-ce qu'on a droit à des jours pour ça ? Vous rêvez, c'est pas l'éducation nationale ici... Mais attendez, je regarde quand même... Voyons... Cheval qui tousse... Non, je ne vois rien.

Tout le monde pouffait, même Minot. C'est vrai qu'il est marrant ce petit jeune quand il veut.

Une suite amusante m'est apparue :

— Vous savez, c'est la convention 66 qui protège le salarié, pas la convention DE la Route 66, héhé.

Un long silence s'ensuivit.

— Hein ? a fait Minot.

J'expliquais :

— Mais si, enfin, la convention collective 66 c'est la référence réglementaire définissant les statuts des employés de la branche professio...

— Pitié, faites-le taire, a osé le moustique.

— Je ne t'ai pas interrompu, moi, lui ai-je fait remarquer.

— Oui, mais t'es lourd !

— Pas du tout, parce que DE la route 66 ça rappelle le Texas, tu vois. Et comme au Texas il y a beaucoup de sentiers équestres, du coup la jument de Gérald...

Bon, là, indubitablement, ils n'étaient pas prêts.

* * *

[16]

Vingt-quatre heures s'étaient écoulées. Louisa servait les cafés, René à rien. Mais ils travaillent toujours à deux le mercredi matin, c'est comme ça. Soudain, la femme au tee-shirt rouge s'est pointée. Sans son tee-shirt rouge, bien couverte. J'ai eu l'impression qu'elle reprenait des forces. D'ailleurs, coiffée, elle se montrait presque féminine. J'aime bien Sylvie. C'est son prénom. Je trouve que c'est un joli prénom.

Elle a commencé à échanger des banalités avec Louisa, qui lui avait ramené un petit flacon de parfum. On aurait dit que ça les rendait guillerettes, toutes les deux.

Puis, elles ont parlé musique. Sylvie avait l'air d'en connaître un rayon. Louisa pouvait siffloter n'importe quel air, Sylvie trouvait toujours le titre et le nom du gars qui l'avait composé. Il y en avait des connus : Vivaldi et plein d'autres... (j'ai oublié lesquels, je n'y connais pas grand-chose en classique).

À un moment, je leur ai raconté qu'une fois, dans une brocante, j'avais acheté un vieux CD *Best Of Mozart*. Ça les a fait sourire. Surtout Sylvie.

Enfin, gageons qu'elle soit sortie d'affaire.

*

« Minot, baisse un peu le son ! »

Troublé par le vacarme de la télé, René a enfin levé le nez de son écran d'ordinateur. Puis, d'un bond, il s'est levé, décidé à régler le volume lui-même. Minot, lui, ne bougeait pas d'un poil.

Alors, René lui a saisi la télécommande des mains... Et là, il a compris le risque. Trop tard pour reculer : toute la salle observait la scène. Il a pointé l'objet vers la boîte grise hurlante, mais un problème est apparu... il tremblait.

Le boucan est resté le même. Pas le programme.

Minot, arraché à son état hypnotique, est monté dans les tours en tentant de récupérer sa télécommande :

— Oh ! Tu r'mets ma chaîne.

Seulement voilà, René, absorbé par le beau décolleté de la présentatrice, faisait passer la petite boîte noire d'une main à l'autre : un coup devant, derrière, en haut, en bas, à gauche, à droite (vive l'orbite elliptique). La télécommande tournait, suivie par les doigts maladroits de Minot. « Deux secondes ! » s'écriait le premier, ne voyant pas l'agacement du second, essoufflé d'agiter les bras. Finalement, Minot a tendu ses mains de part et d'autre de la tête de René, comme pour l'arracher. Puis, reconnaissant le modus operandi d'un retour en prison imminent, marquait un arrêt, les bras immobiles, les yeux cherchant une idée.

Là-dessus, Teddy s'est écrié :

— Hé les gars venez voir !

Il a fait signe à tout le monde de le rejoindre. Il venait de s'installer sur le poste de travail de René.

— Arrête, tu ne devrais pas faire ça... lui ai-je dit.

C'est vrai quoi, un peu de respect, sans blague.

— Nooon ! s'est écrié René.

Alors, coupé en pleine réflexion, l'oreille palpitante, Minot a tout d'un coup saisi la télé au-dessus de la sale tête de René, l'a arrachée du mur et l'a violemment projetée au sol.

La télévision n'émettrait plus aucun son. L'ordinateur, lui, si :

— Han, han... oh oui, oh oui... vas y... han... c'est bon... oh oui, oui, ouiii !

Toute la salle a éclaté de rire.

Sacré René. J'ai enfin compris pourquoi il passait autant de temps sur l'ordinateur.

On a bien rigolé, mais sans blague, il ne fallait vraiment pas que les Tchétchènes débarquent quand c'était lui qui bossait.

* * *

[17]

Départ imminent

Châteauroux, jeudi 6 décembre 2018, 09 h 15.

La tension est à son comble. Aujourd'hui c'est la Saint Rémi : tout le monde a reçu son argent sur son compte bancaire, mais personne n'a pu le retirer. Il y a eu un bug à la Banque Pistole. Panne informatique. Tout le monde en parle à l'accueil de jour.

Gérald, qui est de retour, tente d'apaiser la colère générale. Longue journée en perspective.

Minot vient de repartir au guichet de la banque. En sortant, la porte a claqué derrière lui. Elle claque encore... Le froid s'engouffre. Ça claque. Quelqu'un essaie de la refermer, en vain : la poignée a, disons... été arrachée.

Christian conjugue les verbes détruire et crever à tous les temps de l'indicatif – simples et composés. Il C.O.Dise la société, le pouvoir, le gouvernement. Désigne le mot bombe en complément circonstanciel de moyen. Jure ab imo pectore de « faire sauter la banque », mimant des explosions avec les bras. De détonations en déflagrations, il a renversé du café partout : sur son pull, par terre. Gérald lui demande de nettoyer. Puis, il éponge lui-même.

Christian, lui, continue : « Fumiers ! Qu'ils crèvent, mais qu'ils crèvent ! Faut tout détruire, toouuut ! »

Johnny ne cesse de frapper des mains sur la table, où échouent d'innombrables armadas de postillons. « Il va se péter un poignet à taper comme ça, prévient un voisin de table. » Mais Gérald, sous le feu nourri des canonnades verbales de Christian, n'a pas entendu.

Quant à moi, j'ai pressenti que j'allais retrouver ma montre.

Tiens ? Minot revenait. Quand il se ratisse la moustache comme ça, avec ses incisives du bas, ce n'est jamais bon signe.

— Toujours rien ! a-t-il lancé. Sers-moi un café, s'te plaît, et j'y retourne !

— Tu n'aurais pas vu la poignée de la porte d'entrée ? a demandé Gérald.

— Hein... ? Non.

— Là, dans ta main. Regarde (yeux baissés).

Lorsqu'il s'est enfin décidé à ouvrir la main, tout le monde a reconnu la poignée. Elle était incrustée dans sa paume.

— Merci, a enchaîné Gérald en la lui décollant. Maintenant, suis-moi. Le directeur veut te voir.

— Ah... Il veut quoi ?

— Tu lui demanderas, a répondu Gérald.

Et ils ont disparu dans le renfoncement derrière la cuisine.

*

Hier les gars ont pu retirer. J'ai compris que je pouvais faire une croix sur ma montre.

J'ai donc proposé à Seda de partir. Seulement voilà, la batterie de sa voiture était à plat.

Le temps de trouver quelqu'un d'assez aimable pour nous prêter un jeu de pinces, de brancher tout ça, d'admettre que la vieille batterie plomb-calcium (sûrement d'origine) devait être entièrement fossilisée de l'intérieur, d'aller en chercher une neuve dans la zone commerciale, de se rendre compte que c'est chiant de prendre un bus avec une batterie, de retrouver quelqu'un d'aimable, avec des outils dans son coffre (eh oui, comme tout le monde), de déterminer le fil vert – qui normalement doit être vert – puis le fil rouge... et cætera, et cætera...

Il faisait déjà nuit.

Et la nuit, Seda, elle dit que ça l'angoisse. Alors elle a refusé de conduire.

Je lui aurais bien proposé de le faire, mais en cas de contrôle... Passager, au moins, c'est la planque.

— C'est pas grave, calme-toi, m'agaçait-elle. On part demain, et puis voilà.

— Un dimanche ? Tu rigoles ?

Non mais franchement, rouler un dimanche... Les gendarmes sont payés double. Ils annoncent du beau temps, en plus.

*

Revenir à la Boutique et y passer la soirée, en tout cas le temps du dîner, comportait, c'est certain, un gros avantage : celui de voir d'autres têtes que celle de Seda, qui commençait sérieusement à me sortir par les trous.

— Dis donc tu pourrais me tenir la porte au moins.

— C'est ça. Et demain, c'est toi qui refermeras celle du fourgon dans lequel on me fera monter, lui ai-je balancé.

Minot ne s'est pas fait renvoyer de la Boutique pour l'histoire de la poignée. J'ai même eu l'impression qu'il s'occupait de l'accueil. À peine la porte s'était-elle refermée qu'il nous a lancé :

— Hé oh, les blousons, vous les enlevez ! Vous êtes pas dans un bar ici, ouais.

Seda s'exécutait, je l'imitais.

— Qu'est-ce qu'il fait là lui ? a-t-elle demandé à Sylvie.

Bien vu, ça m'intriguait aussi.

— Le directeur lui a demandé de rembourser la poignée et la télé en temps de travail. Du coup, il remplace René pour quelques heures.

— Ça ne peut pas être pire, a ironisé Seda en se penchant vers elle, l'air complice.

Un souffle d'approbation m'a échappé.

— Tu m'étonnes, a confirmé Sylvie.

Elle était vraiment agréable comme ça, sociable en fin de compte. Je trouvais sa transformation absolument incroyable. Sacrée Sylvie.

Minot, de son côté, prenait sa mission très à cœur. À tel point qu'il faisait respecter le règlement avec bien plus de zèle que l'équipe officielle. La même équipe à qui il faisait tout répéter vingt fois !

— Tout à l'heure, il a viré Christian et Johnny parce qu'ils étaient bourrés, a poursuivi Sylvie, poussant une chaise du pied pour Seda.

— Et lui ? Tu vas me faire croire qu'il est à jeun ? ! a enchaîné celle-ci en s'asseyant.

— Figure-toi que oui ! Par contre il est chiant : il a aussi viré Denis, le petit papy, là. Tu vois qui j'veux dire ?

— Oui, celui qui ne parle jamais...

— Voilà. Eh ben, il sentait la bière, mais il n'était pas bourré du tout. Il avait juste bu une binouze, c'est tout. Mais il n'a pas pu s'asseoir, le pauvre... Tout ça pour une bière... Pfff, c'est l'hôpital qui s'fout de la...

— Charité ! ai-je triomphalement lancé en tirant ma chaise tout seul.

— Hé ! Momomotus, tu fais quoi ? Je t'ai causé pt'être ? ! Va voir là-bas si j'y suis, a-t-elle balancé en recollant la chaise à la table.

Elle récupère vite, me suis-je dit. Bonjour la cordialité. Fichue mégère. Je suis sympa : je la trouve sympa et elle, elle me rembarre...

Je vais te restituer aux Tchétchènes moi, tu vas voir.

***

[18]

Compte à rebours

Châteauroux, dimanche 9 décembre 2018, 06 h 01.

J'ai rarement aussi mal dormi de ma vie. Tournant d'un côté, puis de l'autre, repensant à Seda, au trajet, au risque d'être contrôlé, à la prison. Toute une nuit de gamberge. Toute une nuit à anticiper le pire, à souffrir de ce que je craignais au lieu de rester ancré dans le présent. Je le sais pourtant que c'est inutile, car les désastres eux-mêmes font moins de tort que la trouille de les subir. Je fais ce que ma conscience me commande de faire, tout le reste, c'est du flan en poudre. Mes geignements vont finir par l'hydrater au point d'en faire une substance flasque et molle – comme ma volonté... pâteuse ! Je me noierai dedans, étouffé dans une crème de chiffe. Et pour couronner le tout, Minot a hurlé toute la nuit. Il avait perdu son blouson avec son portefeuille dedans. Comment veux-tu pouvoir dormir dans ces conditions. Je ne m'entendais même plus compter.

Allez, qui se plaint agit moins...

Tiens... ? Bizarre, Christian n'a pas ronflé.

— Psitt ! Christian, hé ?

La porte s'ouvre. Aïe, mes yeux. Je ne m'y ferai jamais.

— Allez debout là d'dans, y'a pas une minute à perdre !

— On est dimanche Georges, j'espère que tu as pensé aux croissants.

— Bien sûr, a-t-il répondu, viens en bas, ils sont encore tout chauds, avec des confitures maison que j'ai préparées cette nuit. Tu veux quoi ? Fraise ?

J'ai regardé le lit de mon voisin, d'habitude il en rajoutait une couche... mais là, la sienne était vide.

— Dis donc, ai-je lancé à l'autre, Christian n'est pas rentré cette nuit ?

— Qu'est-ce que tu veux que j'y fasse ? J'ai l'air d'être sa mère ? Allez magne-toi !

— Change rien Georges...

Lui, il a dû bouffer du glyphosate dans son biberon. C'est sûr. Manque de pot : il a survécu.

*

Quitte à mettre les voiles, autant partir sur une bonne impression ; j'ai décidé de prendre le café à la Boutique, pas ici. Puis, j'ai essayé de dormir encore un peu, jusqu'à sept heures.

Un, deux, trois... cinq... huit... cinquante-cinq... six cent dix... Bon. J'ai compris.

Dans les escaliers, beaucoup plus raides que d'habitude, le mou du jour, c'était moi. Mon sac devait peser une tonne, à faire péter les coutures. Il n'était peut-être pas si gros que ça, mais je me sentais tellement épuisé... La journée allait être longue. Je dormirais pendant le trajet. Entre deux contrôles !

Les jeunes, les très jeunes, les moins jeunes, les vieilles et les vieux... tous me poussaient. Certains disaient « pardon », d'autres râlaient déjà à voix haute. L'odeur du café remontait... et pas toute seule, évidemment. Il y avait aussi une bouillasse sonore et, cette puanteur habituelle. Des voix s'entremêlaient, couvertes par le son de la télévision. Les cuillères tintaient contre les bols, les chaises couinaient sur le carrelage. Bon sang, mais qu'est-ce qu'ils avaient à rire si fort, comme ça, si tôt ? C'était trop bruyant pour être vrai. Franchement, j'aurais mieux fait de rester au lit... même sans dormir.

Une fois en bas des marches, je me suis surpris à hésiter : et si je m'en allais tout de suite, tout simplement ? Je n'aurais qu'à prendre un café en ville. Je pouvais me l'autoriser, après tout. L'astuce, c'était de repasser ensuite à l'accueil de jour – ça ajoutait une nuit ici, mais... bon – puis, une fois sur place, de convaincre Seda de reporter notre voyage au lendemain.

Rouler un dimanche, c'était de la pure folie.

*

« Ding ding tulut... Bonjour, bon réveil à toutes et à tous, nous sommes le dimanche 9 décembre, bienvenue si vous venez de nous rejoindre, il est

06 h 50. Tout de suite, les pubs du moment vous présentent... tulut ding ding... les pubs. »

Même dans les cafés, ils ont besoin de la télévision. Dès l'aube levée, le publinomètre. Si vis pacem para valium. Mais j'arrête de me plaindre. D'ailleurs, c'était le seul à être ouvert à cette heure-ci. De surcroît, un dimanche.

J'ai terminé mon café brûlant. Ce n'est pas la quantité qu'ils mettent qui allait m'étrangler... Ils font des économies d'eau, quelqu'un va la chercher au puits ? Ils m'énervent.

« Et maintenant, l'actualité de nos régions... mais d'abord, ding ding tulut... c'est l'heure de votre météo... on se retrouve juste après ça... »

Tout à coup, Mikail et Chirvan sont entrés dans le troquet. Et ce gros bestiau avec eux ? Cette tête à moitié défoncée... L'autre des photos. Kazan. En chair et en os, il était pire que sur le papier. Pas loin de deux mètres, facile 130 kg.

Là, ça commençait à puer sévère. Le petit, encore lui, m'a jeté un regard de travers... qu'est-ce qu'il me voulait, ce taré ? Aussitôt, d'un mouvement de tête, je crois bien qu'il m'a désigné à Kazan.

J'ai décidé de ne pas y prêter attention. Finir mon café. Surtout, regarder la télé. Étonnamment, j'ai trouvé ça fascinant, la télé. J'ai balancé un commentaire au serveur, l'air détaché, en dodelinant de la tête devant le journal.

« Ding... et nous enchaînons avec une information incroyable : en effet, l'Acte IV de la mobilisation géante pour dénoncer la baisse du

pouvoir d'achat... Ding... Rosalin Jouet, expert en manifestations, nous dit tout sur les Gilets jaunes... mais d'abord... »

Là, je me suis tourné vers le barman, qui bâillait derrière son comptoir :

— Eh ben, ça va être un sacré bazar.
— Quoi ? Les gilets jaunes ?
— Oui.
— Haha, il paraît qu'ils seront au moins deux : Gilles et John !

Sa main droite, tendue vers moi, agitait l'index et le majeur comme une langue de serpent.

— Comme gilet jaune... ai-je lâché bêtement, entre deux faux rires (c'était pourtant évident).

Là, le petit m'a tapé l'épaule. *Tsss...*

— Toi venir ! Monsieur là-bas payer café ! a-t-il bavé.

— Hein, quoi ? Qui ? Connais pas. Combien je vous dois ? ai-je enchaîné en jetant des pièces sur le comptoir, sans trop savoir combien.

— Toi ferais mieux pas dire non ! a insisté l'autre.

— Hein ?

Trop tard. Ce chacal m'a tiré vers leur table.

Le grand poussait une chaise pour moi avec le pied.

— S'il vous plaît, a dit Kazan en désignant la chaise.

D'un geste doux.

Il avait une voix taillée pour doubler un chirurgien dans un documentaire sur des laboratoires secrets de l'ex-URSS. C'est qu'il avait de l'éducation. Staline aussi, sûrement.

Au contact de la chaise sur laquelle Mikail me brusquait, je me suis senti pétrifié jusque dans la moelle épinière. Une stèle de marbre plantée dans un cimetière des Carpates, en plein hiver sous la pleine lune, m'aurait semblé plus accueillante.

« Ding... et n'oubliez pas, aujourd'hui à onze heures, notre reportage sur Johnny Hallyday... Un peu plus d'un an, déjà... Rosalin Jouet, expert en stars défuntes, nous dit tout sur... mais d'abord, les pubs du moment vous présentent... tulut... les pubs. »

Engloutissant d'une seule haleine le café d'une minuscule tasse coincée entre ses doigts énormes, Kazan m'observait. Aucune lueur dans les yeux. Un air à entrevoir que je lui poserais peu de difficultés.

— Toi connaître Seda. Et Letchi aussi.

Ça ressemblait à des affirmations.

— Hein ? ai-je rétorqué, la bouche toute sèche. Qui ?

— Moi poser une seule question. Toi connaître réponse. Tu bien réfléchir si décide de ne pas répondre, après réfléchi... trop tard pour pleurer.

C'est dimanche matin, il va bientôt faire jour, je bois un petit café peinard dans un bistrot super sympa, en rigolant avec mon nouveau copain derrière le bar, ils annoncent une belle journée, et moi, je fais quoi ? Je me retrouve assis à côté de l'ancêtre Cro-Magnon de Jason Machin de *vendredi 13*, qui m'explique, dans son langage à lui, que je vais bientôt mourir. Le mec est né je sais pas où en Tchétchénie, il pourrait dépecer un ours *tranquillement* dans une montagne du Caucase... et c'est ici, à Châteauroux, qu'il demande des renseignements. À moi. Dans le Berry.

— Où être Letchi ?
— Qui ? (jamais été aussi sèche...)

D'un revers de main, sans bouger un cil, il m'a signifié que je pouvais disposer.

Ah. Déjà ? Bon, ben... ça va. Finalement, c'était pas si terrible.

Chirvan (quel con), m'a éjecté d'un énorme coup de pied de la chaise, dont je n'occupais qu'une partie : le bord.

Il aurait pu me faire tomber.

Prêt à décamper, sans laisser paraître ma hâte, j'ai lancé au Barman :

— Bon ben moi j'y vais !

Mais j'ai eu l'impression qu'il n'était plus là.

Je suis sorti. La porte s'est refermée derrière moi.

Et là, derrière la vitrine, j'ai senti leurs yeux me suivre.

Ne les regarde pas... Surtout pas. T'es relax, je te dis.

Saint André sonnait l'angélus.

Sept heures du matin.

*

Une heure s'est écoulée. J'ai laissé le cœur de ville derrière moi et approchais maintenant du cinéma de quartier, où « Kursk » était à l'affiche : une histoire de sous-marin russe en eaux troubles. Et de naufrage.

Je n'ai pas pu m'empêcher de penser que je me fichais pas mal que des Russes meurent dans un sous-marin. Et même, que c'était normal : ils n'avaient qu'à ne pas y monter. Alors que moi, mes emmerdes, je n'avais pas besoin de moyen de locomotion pour les trouver. Ni sous-marin, ni quoi que ce soit. Elles venaient à moi toutes seules.

Je me suis souvenu que Letchi était arrivé à Châteauroux par le train, et je crois en avoir ri jaune. Ça me ragaillardissait le bulbe rachidien, toutes ces épreuves subtiles et trépidantes. La plus éminente, désormais, consistait à mettre un pied devant l'autre, et ainsi de suite, pour m'enfoncer dans des ruelles désespérément sombres.

Glacé jusqu'aux dents, rassasié d'aventures sans joies ni rages – vive la pondération ! – et bien loin d'être au bout de mes surprises, que voyais-je là-bas ? Devant la Boutique enfin éclairée, où je m'apprêtais à entrer (le chaud, tout ça...) Mikail et Chirvan ! Ils haranguaient ce putassier de René.

Juste à côté d'eux, moteur en marche, une gigantesque Allemande, noire, au coût épicé, sièges chauffants en cuir stop-hémorroïdes, rien de moins que vingt ans de loyers, taillée pour visiter l'espace, sur la route c'est chic, crachait galamment depuis ses deux trous de balles chromés des remous blanc argenté de fumée princière. Mais point de chauffeur ni de majordome au volant. Son altesse restait humble : Kazan conduisait lui-même son fiacre à réaction.

Qu'est-ce que Sa Majesté venait donc foutre devant l'accueil de jour nom de Dieu ?

Tout à coup, son jouet s'est mis à bouger. Ça ressemblait à un créneau. Le chauffard se hâtait, se fichant pas mal de démolir l'engin hors de prix. Il était pressé, un point c'est tout. Et clang, et bing ! Tape un coup devant, retape à l'arrière.

Moins résistantes que la Teutonne, les deux pauvres bagnoles d'employés en CDD mi-temps, stationnées là comme chaque dimanche, coupables du vide qui les distanciait d'une place libre (natura non facit saltus), en prenaient pour leur grade. Un phare en moins pour la première, un pare-chocs au bitume pour l'autre.

René est ressorti (je n'avais même pas vu qu'il était rentré), bras en l'air, et s'est précipité au carreau du criminel routier :

— Hé ! Vous av...

— Schhuuut ! a fait la bête du paléolithique en s'écrasant du doigt les naseaux et les babines.

Le gobe-mouches a tressailli sec. Ça fait souvent cet effet là la première fois qu'on voit Satan. Horrifié, il a rebroussé chemin. Je me suis dit qu'il n'était pas si con que ça : il avait compris qu'il valait mieux perdre un pare-chocs que l'usage de ses jambes. Il est des moments, dans la vie, où même les sots surprennent par leur bon sens, sans doute par instinct de conservation. Ainsi, le danger aurait du bon.

Crânement amusés, Mikail et Chirvan, avec un air à ne respirer que pour leur maître, toisaient le froussard de retour dans le bouge en moins de temps qu'il n'en faut pour dire « oh oui, encore ». Un bras taillé comme une cuisse de taureau a alors surgi de l'habitacle faisant signe à Heckel et Jeckel de regagner le cercueil noir aux poignées étincelantes. Non sans une superbe incongrue, m'as-tu vu inclus, tels deux pharmaciens convaincus d'être vus aussi grand qu'ils se voient eux-mêmes, les deux laquais se sont évanouis dans le rutilant sarcophage.

À ce moment, la tête du plus grand a réapparu ; elle faisait très dépareillée. Un dernier coup d'œil à droite, un autre à gauche, puis il a disparu derrière la grosse vitre teintée. La portière a claqué. Un bruit étouffé, discret ; haut de gamme. Le genre de bruit qui vous caresse dans le sens du poil, qui vous flatte, à vous faire rouvrir la portière juste pour le refaire, un bruit dont tout le monde rêve. Ça y est, ils foutaient le camp.

*

Je le croyais.
Vingt minutes ! Ils étaient toujours là.
De toute évidence, ils attendaient Seda. Et peut-être même qu'ils comptaient nous choper tous les deux. J'ai compris que j'avais tout intérêt à rester

planqué derrière l'utilitaire. Dès que Seda passerait par là, je l'intercepterais et bye-bye, on se volatiliserait... Discrets. Mieux qu'un sous-marin. Et ces trois guignols poireauteraient toute la journée comme des imbéciles.

Bon sang, qu'il faisait froid.

Heureusement, le cortège arrivait en provenance de l'abri de nuit.

Mais je ne voyais pas Seda.

Teddy a passé son bras autour de mes épaules, m'entraînant dans le groupe. *Non, pas ça !* Trop tard. Je n'avais plus qu'à espérer que les Tchétchènes n'aient rien vu. Si je restais entouré, et à condition de baisser la tête, j'avais peut-être une chance de passer inaperçu. Inside the Boutique. Ni vu ni connu.

Comme une coulée de neige, le groupe s'est engouffré dans la pièce surchauffée de mon "putain de purgatoire", remuant tables et chaises dans un joyeux désordre. À ce stade, le silence régnait encore sur l'agitation, mais pas pour longtemps : il suffirait d'un mot qu'il vole en éclats. Un patchwork de couleurs s'éparpillait aux quatre coins de la guinguette. Des gants, des bonnets, des écharpes, des blousons rouges, verts, bleus... Il y en avait partout et pour tous les goûts. Chacun s'est installé où il pouvait, à condition que la place soit libre et non attitrée.

Le café a commencé à couler dans les tasses ; les uns sucraient, les autres se réchauffaient les mains dessus. Celui-ci bâillait, celui-là ouvrait le journal, une autre se rendait aux toilettes. « Occupé ! » a hurlé une voix derrière la porte. L'information a pulvérisé tout ce qui restait de retenue dans la salle : rires et brouhaha. Le bal était ouvert.

Teddy est entré dans la danse :

— Hé René, t'aurais pas un peu perdu ton pare-chocs par hasard ? C'est bien ta bagnole, la poubelle garée devant ? Hinhin, bruits tintouins.

René a rétorqué :

— T'occupe, c'est la voiture de ma femme.

Teddy ne s'est pas arrêté là :

— Ah bon ? T'as une femme toi ?

Tout le monde a éclaté de rire. Il suffisait qu'on lui désigne quelqu'un... C'est tombé sur René. Avec les Tchétchènes dans la rue, pas sûr que ce soit le moment de jouer.

Minot a demandé l'heure. Silence. Quelle question... La Boutique ouvre à huit heures, comme toujours.

Mais moi, j'avais autre chose en tête : où était passée Seda ?

— Quelqu'un a vu Seda ?

Aucune réponse. Même pas René.

— Au fait René, qu'est-ce qu'ils avaient les deux Tchétchènes à te hurler dessus, comme ça, ce matin ?

Bingo. Il m'a regardé et j'ai vu ses lèvres trembler.

— Hein ? Pas grand-chose, a-t-il esquivé.

— Allez, crache le morceau.

— Tu m'ennuies. Ils voulaient juste savoir si j'avais vu Seda en présence d'un gamin ces temps-ci.

La tasse qu'il essuie depuis tout à l'heure est déjà bien sèche.

— Et alors tu l'as vue ?

Teddy a répondu à sa place, les yeux fouillant la pièce :

— Elle est partie avec l'autre... Comment elle s'appelle déjà ? il chercha un instant... Ah, Sylvie ! Elles parlaient de récupérer une chienne dans le squat des Tchétchènes. Et aussi une bagnole... il plissa les yeux, cherchant encore... Vers les allées, je crois.

— Pourquoi tu l'appelles pas ? a lâché René.

Toujours obligé de dire une connerie.

— Je n'ai pas de téléphone, lui ai-je dit, elle non plus.

Ça l'a fait marrer. Soit il est vraiment con, soit il le faisait exprès.

Minot a encore demandé l'heure. Mais qu'est-ce qu'il avait avec ça ?

Tout à coup, la porte s'est ouverte. René a tressailli. Et j'avoue que moi aussi. Soulagement. Ce n'était que Johnny. À peine un pied dedans, il a dressé le poing vers nous et s'est exclamé :

— René ! Appelle la Police !

Il a enlevé son manteau. Puis un autre. Et encore un.

— J'deviens fouuu... rhaaa... ils vont me rendre dingue, ces cons !

Je me suis demandé comment il pouvait être si maigre. Il a continué :

— Ils ont tué Christian !

— De quoi ? a demandé René.

— Comme j'te dis ! Tu m'écoutes ou tu m'écoutes pas ?

Il se tapait la poitrine du poing, le regard fiévreux.

— J'mens jamais ! Les deux salopards, les têtes de mort de la Sylvie, ceux qu'étaient venus la chercher ici (montrant la table), z'ont buté Christian !

— Comment ça buté ?

— Bu-té ! Qu'est-ce que tu comprends pas ? T'es nické de la tête ? Tu sais ce que ça veut dire buté ? Faut arrêter de boire de l'eau, hein !

Il haletait, sa voix tremblait :

— C'te nuit, sous l'pont, vers l'hôpital, j'étais plus loin, je pissais... J'ai tout vu ! Ils l'ont fait tomber, et le grand lui a éclaté le crâne avec une pierre ! L'autre rigolait : "Tu vois, toi faire moins malin" qu'y disait ! Rhaaa... je deviens fou... pas b'soin d'boire, j'suis d'jà bourré !

Soudain, la porte s'est encore ouverte, et René s'est littéralement liquéfié. J'ai bien cru, moi aussi, que c'étaient eux, les Tchétchènes.

Mais non.

— René ! Sers-moi un café ! Faut qu'j'me réveille !

Christian ?

Rouge comme un homard, le ressuscité retirait son blouson avec une lenteur pesante. Je ne sais pas pourquoi, mais j'ai attendu qu'il en enlève un autre.

Pas du tout. Lui, se portait bien. Gonflé quoi.

— Ça va Christian ? ont demandé les autres.

— Moi, ça va toujours ! a-t-il répondu.

— Huhu, il a la tête dure c'te tête de mort, s'est réjoui Johnny.

— Paraît que t'étais mort, a enchaîné René.

— La prochaine fois. J'ai juste mal au crâne, mais ça va passer, a répliqué Christian.

— Tu devrais aller aux urgences...

— Les urgences ! Et puis quoi ? Des séances de kiné ?

J'étais content pour lui, certes, mais mon problème restait entier : Seda m'attendait avec Sylvie dans sa voiture, alors que moi, je l'attendais ici. Rien de tragique jusque-là. Sauf que si elle se pointait et tombait nez à nez avec les autres... là, ça allait chier des bulles.

J'ai vite compris que c'était à moi de la rejoindre. Oui, mais (si ce n'est pas trop demander), sans être vu, ni enlevé, séquestré, torturé, fini à coups de pierre, allégé de quelques organes, noyé, brûlé, enterré vivant. Que sais-je ! Avec des détraqués pareils, le pire vous attend toujours derrière une porte. Celle des enfers.

— T'as quelle heure ? a relancé Minot.

— Il va être neuf heures, a bêlé René.

Là-dessus, Minot a torpillé vers la sortie, sans zigzag. Avant de disparaître.

— Minot, ton manteau ! a lancé René dans le vide.
— T'as pas vu qu'il l'avait pas ?
Quel boulet ce René. C'est ça, essuie.

* * *

Départ

Châteauroux, dimanche 9 décembre 2018, 11 h 45.

René restait agrippé à son torchon ; de temps en temps il changeait de tasse. Teddy amusait la galerie, Johnny écoutait Johnny à la radio, certains s'occupaient avec des dominos, d'autres jouaient au tarot. La Boutique de jour ronronnait.

À la treizième tasse de café, j'ignorais toujours comment j'allais rejoindre Seda. Heureusement, Christian fumait. Et en allant se nicotiner... comment aurais-je pu m'en douter ? Il allait me débloquer.

— Sors pas, les Tchétchènes sont juste devant, l'ai-je informé.

Mais rien ne pouvait retenir cette tête de mule.

Aussitôt, des cris dans la rue : Christian, ayant vu ses deux agresseurs (le plus grand avait certainement rouvert une portière), s'est mis à hurler après la voiture noire. Sur ce, Johnny, bien plus courageux que René, est sorti. Suivi par d'autres, venus l'aider à ramener Christian par le colback.

Tandis que la tension montait (Christian ne décolérant pas), Minot rentrait au bercail, blouson sur le dos : il l'avait retrouvé. Ce n'est pas tout !

Dans une main, une masse... Oui, une foutue masse. Dans l'autre, ma montre !

Ce phénomène sur pattes avait attendu l'ouverture du magasin *Rêve Affaire*, pour y emprunter de l'outillage. Probablement au rayon démolition.

— Ha bon ? C'est ouvert le dimanche aussi ? glapissait René.

— Tais-toi ! Laisse-le expliquer...

En nous racontant son expédition, Minot repassait tous les dialogues :

— J'vais vous ramener ça, que j'lui dis... Ouais... je reviens... inquiétez-vous pas, j'la ramène ta masse, ouais... tu me crois pas... Si ?

Apparemment le vendeur lui avait fait confiance.

Décidé à récupérer son portefeuille dans le blouson oublié la veille chez un copain de picole, il s'est ensuite rendu chez celui-ci. Mais ce dernier ne répondant pas, sûrement comatait-il, Minot s'annonça à grands coups de masse dans la porte d'entrée, qui céda sous sa détermination.

Rendu in situ, féerie de l'action : un fauteuil portait son blouson... et un squatteur, ma montre !

— Minot, c'est ma montre... Oh merci !

— Eh ben, la massue ? a observé René (elle avait encore le prix dessus).

— Ah ouais, je la ramène. Mais d'abord, sers-moi un café. Ouais...

Cerise sur le gâteau, c'était bientôt la fin de mon problème. Christian, fin stratège, déléguait ses nerfs au contrôle des opérations et, le corps enhardi, soulevait l'objet lourd du sol avec autant de facilité que s'il s'était agi d'un simple poireau.

Aussi sec, on l'a vu charger vers la porte.

— Arrête, où tu vas ?

Trop tard. Bing ! L'Allemande en prenait pour son grade. Capot, phares, pare-brise : beng !

Rythme industriel, cadences infernales, automatisation du geste : la massue s'élève, tournoie dans les airs et... vlan ! Elle retombe sur la ferraille de luxe.

Et pang et ping ! La tôle, le polyester, la fibre de verre, tout y passe. Du bout de son manche, l'énorme bloc d'acier trempé revisite les plans du véhicule, interroge chaque courbe, casse les codes, rompt avec les lignes épurées, déprécie la fibre de carbone et renoue avec l'âge de fer.

Christian, déchaîné, ne s'arrêtait plus. Tous sont venus à lui (sauf René). Ça chauffait dans la rue.

Des voisins sortaient la tête aux fenêtres, aux portes, partout. La voiture était complètement cernée par une foule curieuse.

Que pouvait faire Kazan ? Rien du tout. Monsieur le spécialiste, l'expert militaire, l'homme d'affaires de guerre n'avait pas prévu un scénario pareil. Plutôt remplissait-il les conditions de la défaite : suffisance et vanité, amour du confort et mauvaise connaissance du terrain...

Je n'avais plus qu'à lancer l'opération finale : la fuite.

Comme une fleur, je le semais, le caporal-chef Frankenstein. Avec les flots j'étais venu, sur un nuage je repartais.

À présent : effleurer les murs, chatouiller le bitume, fuir le boulevard des Allongés, décommander le prêtre. Rejoindre Seda.

Quand je vais lui raconter ça !

* * *

[20]

La pause à Saint-Flour

En informant Seda de la présence de Kazan à Châteauroux, j'ai eu la belle surprise de découvrir qu'elle était déjà au courant. Sylvie aussi, d'ailleurs. Lorsque je leur ai demandé « comment ? » elles n'ont pas pu s'empêcher de jouer les mystérieuses. Je les aurais maudites. Mais grâce au ciel ce n'est pas mon genre. Et surtout, j'étais pressé de me barrer. On reprendrait cette conversation plus tard. La sécurité d'abord, quoi. Après tout, nous avions toute la journée devant nous.

Pourtant, pour être longue, elle a été longue cette journée. Cent mètres, à peine, et déjà un arrêt d'urgence. La voiture broutait, fumait... saleté de casserole. Le capot s'est même ouvert. « Elle veut de l'eau ! » me suis-je écrié ; toutes ces conneries me rendaient fou. « Pas besoin de boire j'suis déjà saoul », aurait dit Johnny. Mais portées par un souffle d'intrépidité, dont les voyages s'enluminent souvent, les deux auxiliaires du diable relativisaient. Heureusement, j'insistais. Forcément, la bouzine faisait plus de fumée qu'une tour de refroidissement nucléaire. « C'est sec comme un cul d'iguane » a ri Sylvie, pendant que je leur montrais un joint de radiateur effrité.

Après d'âpres négociations, mille protestations et de longues – très longues – explications sur le système de refroidissement d'un moteur à combustion, j'obtenais enfin le feu vert pour réquisitionner les bouteilles d'eau qu'elles avaient embarquées pour la route ; à une exception près : celle de Skuelly (la chienne de l'autre).

La casse-bonbons ne pigeait pas qu'on trouverait de l'eau sur le chemin et que c'était plus urgent d'en mettre dans le radiateur que de côté.

Autant pisser dans un violon !

*

Comme si ça ne suffisait pas... Ah, bon Dieu, que c'était prévisible ! Des contrôles routiers tout le long du chemin : Montluçon, Saint-Pardoux, Bonnac, Saint-Flour. Ce qu'on appelait autrefois l'itinéraire vert, était devenu tout bleu. Les schmitts de la gendarmerie, les condés du commissariat, tous là. Difficile de chier du poivre[5] !

Pardi, il faisait beau. C'est bien simple, le bleu du ciel : on se demandait si ce n'étaient pas les flics qui volaient.

Par chance, s'il en est, Skuelly aboyait comme une enragée dès qu'ils ouvraient le bec. Aucun moyen de la faire taire. Plus nous tentions de la contenir – avec des caresses, des croquettes, et même de l'eau – plus l'intransigeante hurlait. Sa

---

[5] De leur échapper.

gueule, coincée entre l'appuie-tête et l'enrouleur de la ceinture, s'étirait tant et si bien sur la vitre ouverte qu'on aurait dit qu'elle était élastique. Ses gencives, rouges comme des braises, devançaient d'au moins deux pouces ses babines écumeuses retroussées sous sa grosse truffe noire. Elle déployait tous ses chicots, des incisives jusqu'aux molaires du fond, prêtes à gnaquer la volaille.

Sans trop de coordination, les agents tournaient en rond autour du véhicule. Impossible de comprendre ce qu'ils disaient. Ils jargonnaient des phrases énigmatiques, nous lançaient des regards furieux, et transpiraient d'avoir cent fois plus d'aversion pour Skuelly qu'elle n'en avait pour eux. En fin de compte, il y en avait toujours un pour nous faire signe de partir. J'ignore comment mon cœur a tenu.

Entre deux contrôles, Seda m'expliquait comment elle avait appris l'arrivée de Kazan à Châteauroux. Une histoire à dormir debout. En allant récupérer la bestiole de Sylvie au squat des Tchétchènes, tôt le matin, celle-ci s'était mise à gémir. Non pas Sylvie : sa chienne. Sylvie soutenait que Skuelly avait eu la même réaction la première fois que Kazan s'était pointé au repaire des deux imbéciles. Il y serait passé une paire de fois en moins de six mois. Et à chaque fois, juste avant son arrivée, Skuelly gémissait. En fa.

— En *fa* ? me suis-je exclamé.

Je ne pigeais rien à leur délire, parfois.

— Oui ! En fa ! ont-elles gueulé.

J'ai laissé tomber.

Pétries de doutes, elles avaient décampé et attendu plus loin, pour voir s'il arrivait. Kazan, en effet, était apparu. Au volant de sa grosse voiture, il accompagnait ses deux foutriquets pour qu'ils récupèrent leurs affaires – hommes de sac et de corde. C'était sans doute juste après notre rencontre au bar. Ces chacals avaient prévu de débarrasser les lieux et, peut-être même, de nous faire voyager dans leur coffre.

— Mais comment a-t-il su, bon sang ? me suis-je agacé.

— Il finit toujours par tout savoir, m'a répondu Seda.

Elle m'énervait.

Pour autant, nous étions toujours en vie. Libres de nos mouvements. Et miraculeusement, la voiture avait tenu bon. Nous avons décidé – surtout moi – de la laisser refroidir pour la préserver, comme mes nerfs de plus en plus fragiles. Et mon dos aussi, car on ne pouvait pas dire que l'assise était confortable.

C'est là qu'une idée m'est venue : un ami d'enfance vivait à Saint-Flour. Une pause et une vraie nuit de sommeil, dans un bon lit, ne pourraient que nous faire du bien.

— Un ami ? T'as des amis toi ? caquetait Sylvie.

— J'ai grandi ici figure-toi !

— T'es pas né à Antibes ? a-t-elle répliqué.

Comment cette gourde pouvait-elle savoir ça ?

Demande-lui...

— C'est Seda qui m'en a parlé, a-t-elle répondu. Comment veux-tu que je le sache, sinon !

J'ai interrogé Seda, qui semblait étonnée elle aussi. Je me suis alors dit que nous avions dû causer de plein de choses sans même nous en rendre compte.

Sylvie continuait, toujours sur le même ton désobligeant :

— Alors réponds ! T'es pas né à Antibes ?

— Si, mais j'ai grandi ici, je te dis ! Antibes c'était juste pour les vacances d'été.

De quoi elle se mêlait, celle-là ?

Seda cherchait des infos, je l'ai bien vu à son regard dans le rétro. Elle se demandait sûrement si je lui en avais parlé, ça aussi.

— Eh bé ! gloussait l'intarissable. Châteauroux, Saint-Flour... t'as pas besoin de parler anglais au moins. Et ton copain, c'est quel genre au juste ?

— Le genre qui, lui au moins, ne te fera pas mendier.

On ne va pas y passer la journée non plus. Je lui en pose, moi, des questions ?

Nous avons garé la voiture sur un parking en bas de la ville et Seda a coupé le moteur. C'était plus prudent avant d'attaquer la grande montée.

— Ça, tu vois, Monsieur-Je-Sais-Tout, c'est pas un parking, ça s'appelle un talus, tu sauras, s'enfonçait Sylvie.

Ceci dit, elle n'avait pas tout à fait tort.

*

Du haut de celui-ci, on voyait bien la ville, dressée sur son belvédère volcanique. Saint-Flour l'indomptable, l'imprenable. De nombreuses fois assiégée mais jamais conquise par l'assaillant, jamais soumise à ses ennemis. Même pas aux Anglais (sans blague). Sur l'ergot rocheux d'où les fontaines de lave avaient jadis bondi en gerbes radiales, depuis les entrailles de la terre, je revoyais la belle, fièrement guindée sur ses remparts naturels. Tant de souvenirs, d'aventures et d'insouciances avais-je connus ici. Et des peines aussi.

Mais les peines sont ce qu'il y a de plus formateur. Car de profondes souffrances, des larmes brûlantes et des douleurs terribles naissent les déterminations les plus inébranlables. Elles sont le socle sur lequel les constructions résistent le mieux au temps, aux évènements (et aux imbéciles de passage).

Nous avons profité de la pause pendant que la chienne répondait à un besoin naturel. Un bon contrôle sous le capot accréditait définitivement l'incroyable résistance du moteur. Étrangement, il restait de l'eau dans le radiateur. Et Sylvie, inspirée par l'impudeur commode aux canidés, se distinguait une sempiternelle fois sous un trait d'élégance chroniquement absent de son lent processus de domestication. Il faudrait attendre une lente évolution génétique, des siècles et des siècles de reproduction de l'espèce pour espérer mieux. Heureusement, je n'étais plus à ça près.

J'en ai profité pour travailler un peu sur mon détachement, sans pouvoir m'empêcher de remarquer qu'elle démolissait à elle seule l'approche mathématique de l'homme de Vitruve, chère au grand Léonard. Les proportions idéales et parfaites du corps humain étaient loin de lui être acquises ! La bête accroupie pour pisser évoquait plutôt l'insolvable équation de la quadrature du cercle : hélas pour elle, et pour mes yeux, son nombril n'était plus au centre mais en bas, tout en bas... à la jonction des deux figures géométriques. Ah, si seulement j'avais pu la planter là. Elle et son cul qu'elle offrait en pâture à toute la vallée, juchée sur son fameux « ça s'appelle un talus ».

Qu'est-ce que j'allais me faire suer à me coltiner une plaie pareille chez Léon ? Cette folle allait forcément faire tache. Lui qui avait hérité de l'illustre Maison Vautrin, une des plus anciennes bâtisses médiévales de Saint-Flour, perchée sur le rocher, avec une vue imprenable sur la ville, jusqu'aux monts de Margeride. Un fleuron. À une époque, on avait même envisagé de l'annexer au palais épiscopal, de l'autre côté de la place du Marché.

Et quand je dis fleuron, attention, je ne parle pas seulement d'architecture ou de vue, parce qu'il faut voir aussi les sacrées pointures qui s'y sont succédé – des épées. Du beau linge (et pas beaucoup d'Anglais avec ça). Jacques Noel, explorateur et neveu de Jacques Cartier. Ah oui, quand même. Et ce n'est pas fini ! Henri Noel, dit « Le Brasseur », célèbre pour avoir régné sur l'un des plus vastes empires du houblon.

On poursuit : le douanier Vautrin, à qui toute la communauté gitane du Massif central devait sa prospérité. Mais, disons-le, les gitans ont bien contribué à la sienne aussi. Car c'est quand même eux qui ont permis que tout revienne en France.

C'est grâce à eux qu'a pu être reconstituée une incroyable collection d'armes, avec des rapières, des mousquets à rouet, des sabres de la cavalerie polonaise et même des francisques mérovingiennes ; grâce à eux que des statues en bois du XVe siècle ont pu être récupérées, ou encore des meubles Henri II ; c'est toujours grâce à eux que des services complets de l'école Bernard Palissy (c'est pas en Angleterre, ça), des étains, des émaux, et des verres de Margeride, qu'ils avaient réussi à faire revenir de Genève (pas de Londres), ont pu être rassemblés... avec l'aide de copains.

Un sacré boulot, qu'il leur avait fait faire, ce tonton douanier. Cinq mille œuvres, en tout. Une vraie passion. Plutôt bien pour un fonctionnaire.

Et enfin, Léon Vautrin, mon vieil ami, seul héritier, gardien farouche du patrimoine historique accumulé par son oncle.

Non franchement, cette dingo chez Léon, au milieu des belles collections, ça aller jurer, c'était sûr.

***

[21]

Saint-Flour, le même jour, 18 h 25.
Place du Marché.

Enfin, j'allais pouvoir souffler un peu. Une fois chez lui, la police pourrait bien frapper à sa porte, nous aurions quand même le temps de prendre un bain et même de nous coucher, en le laissant gérer. Léon, c'est du joli potentiel, des *cojones* grosses comme des pastèques et une vigueur du genre *ad majorem couillus gloria*. Tout l'amuse, tout le fait sourire. On pourrait l'enterrer vivant, qu'il se marrerait encore, tant que l'oxygène le permettrait. Sa confiance culminant au sommet de la couche atmosphérique, il a toujours eu besoin de se confronter à l'irréconciliable, de plonger dans le spa des turpitudes, de côtoyer l'incommensurable, l'émoi abyssal, le sine qua non du désordre. À croire qu'il hait toute forme de vide, comme si l'absence d'ennuis l'agaçait au point de rechercher leur compagnie. Pour beaucoup (et j'en suis), le Bonheur se planquerait dans un infime espace-temps coincé entre deux cycles infrangibles d'une série d'emmerdes incalculables. Pour dire les choses simplement, ce serait un peu le trois cent soixante-sixième jour des années bissextiles, ce putain de Bonheur. Eh bien, justement, Léon lui, est venu au monde un 29 février. Du coup, il n'a pas le même rapport au temps que la plupart d'entre nous : tout lui paraît beaucoup plus long. Il faut qu'il meuble : cacher des braqueurs en cavale. Et pas des Robert De Niro, plutôt des tordus de Saint-Denis, Montereau, Villeurbanne. Car Léon n'a jamais eu d'autre talent que celui de laisser les menaces tourner autour de lui. Et quand ça dégénère, il prend les choses en main, à commencer par les flingues de son feu tonton, ceux qu'on trouvait partout : du buffet de la cuisine aux placards du couloir.

Aider des gitans à faire évader leur chef, après avoir dévergondé sa fille ? Le mariage ? Et puis quoi encore ! Elle est tombée enceinte ? Ah zut ! Désolé Manitas. T'es pas content ? Va te faire voir !

Blanchir de l'argent sale ? Il le faisait tellement bien que, d'écritures comptables en programmes de transferts, le pognon devenait totalement invisible. Disparaissait. Ne revenait jamais à la source. Même pas aux Serbes. Tant qu'à faire... C'est vrai qu'ils sont cons, mais merde, ce sont d'anciens chefs de guerre ! Qui ? Ceux du Boucher des Balkans ? Ah bon, t'es sûr ? Je les emmerde. Rien à foutre de tout ! Coup de bol, les mecs se sont fait balancer avant de lui faire la peau. Tribunal international, crimes de guerre... On n'était pas près de les revoir. Merci la DGSI.

Racheter la liberté de filles de trottoirs et de caves à des proxénètes dealers de crack ? Payer en 9 mm Browning. Mettre le feu à leurs labos, à leurs stocks de came... Rien, rien ne le rebutait ! Au contraire.

Sa devise : plus c'est gros, plus ça passe ! Et ça le faisait rire.

Nous avons remonté un large escalier de bois, en colimaçon, bordé d'interminables panneaux de marbre blanc qui rendaient les murs éblouissants, et nous sommes arrivés au premier étage où se trouvaient ses appartements privés.

J'ai sonné à la double porte et me suis souvenu à quel point elle était épaisse, car on entendait à peine le carillon à l'intérieur. Aucun autre bruit n'a suivi.

Je m'attendais à entendre des pas, le parquet craquer de l'autre côté, et les filles probablement aussi, tant elles ne pipaient plus un mot, retenant leur souffle, avec leur nez en l'air et leurs pupilles grandes ouvertes, cherchant jusqu'où montait le marbre et combien d'étages s'élevaient encore au-dessus de nos têtes.

Mais rien.

D'un coup, nous avons entendu des clés tourner dans plusieurs serrures. Des nez se sont baissés, des yeux se sont écarquillés. Moi, j'ai guetté l'entrebâillement de la porte, j'ai attendu qu'elle s'ouvre, qu'apparaisse ce visage amical que j'avais presque effacé de ma mémoire, tant cette période m'avait profondément secoué.

— C'est toi ?! Mais qu'est-ce que tu fous là ? Les flics te cherchent, on parle de toi à la télé ! Et elles, c'est qui ?

Sans me laisser le temps de répondre :

— Entrez !

Il nous a fait signe de nous activer en refermant la porte. Skuelly collait tellement Sylvie qu'on aurait cru qu'elle la poussait au cul. Seda fermait la marche. Il a verrouillé derrière elle, puis nous a aussitôt devancés.

— Allez, venez, par là !

Son bras nous faisait signe de le suivre.

Tout en le talonnant dans son dédale de couloirs, je me suis demandé s'il s'était lancé dans de nouvelles collections. Sa baraque ? Une vraie foire aux antiquités. Il y en avait partout, même par terre.

Nous avons atteint un salon. J'avais oublié à quel point c'était grand, chez lui.

Fouchtra ! des montagnes de livres... Ça, c'est nouveau.

Très vite, en moins de temps qu'il n'en faut pour dire *requiescat in pace*[6], nos dos meurtris goûtaient le confort de vieux fauteuils club au cuir craquelé, qu'il venait de débarrasser de ses livres errants.

S'ensuivait, synergie des spirales vertueuses (souvent observables chez les sujets valeureux), une série de synchronies d'où émergeait déjà une histoire commune entre nos âmes. Un avenir collaboratif se dessinait. Les coalitions de l'aréopage et l'exaltation des alliances fertiles d'un passé récent

---

[6] Qu'il repose en paix.

portaient déjà leurs fruits. Léon, tête brûlée avérée, nous scrutait d'un œil curieux.

Il nous a dit :

— Faites pas attention au bazar, haha !

La folle lui a répondu :

— Dis donc heu, Simon, c'est immense chez toi.

— Léon. Mon nom, c'est Léon, a-t-il clarifié.

— Oui, ben, ça ressemble. C'est quoi cette baraque ? Il y en a partout ! Qu'est-ce que tu fous dans la vie, toi ?

Une de ces hontes. J'ai eu peur, à ce moment-là, qu'il me trouve changé, tombé bien bas d'être accompagné si mal. Seda aussi était gênée. Elle lui a lancé :

— Sylvie !

— Laissez, ce n'est rien, a rassuré Léon d'un geste de la main.

Puis, se tournant vers moi :

— Bon alors, dans quel fourbi t'es-tu donc mis ?

J'allais lui répondre, mais il a poursuivi :

— C'est quoi, cette histoire de gamins que tu envoies à Marseille ?

— À Marseille ? Comment tu sais ça ?

Ça l'a fait marrer (évidemment) :

— Les infos, pardi. Ils parlent de toi sur toutes les chaînes. Ils disent qu'ils ont retrouvé des mômes disparus à Marseille... Haha ! Ne me dis pas que tu n'es pas au courant.

— Attends, ça va trop vite, là.

L'abrutie de service a bêlé :
— Eh beeen, c'est du beaauuu !
Seda lui a fait signe de se taire. J'ai vu qu'elle s'inquiétait. Et pas qu'un peu :
— Ils parlent de Letchi ?
— Letchi, c'est le garçon ? Oui, ils parlent de lui, a confirmé Léon.
— Alors Kazan est au courant. Il va le retrouver, a-t-elle clamé.

*

En quittant la pièce, j'ai erré dans un labyrinthe de portes et de couloirs, fatigué, perdu. J'ai enjambé, éparpillés sur le sol, des pendules de cheminée, des statues et des cartons d'où dépassaient des sculptures de bronze : des bras musculeux, des seins de la taille d'une figue, de minuscules bites et des têtes en cheveux.
Et j'ai songé à la lame d'un rasoir.
En finir.
La justice, la cavale, tout ça, non.
Sylvie, non.

* * *

[22]

La télé en replay

Saint-Flour, une heure plus tard.

— Ah ! Tiens, ça y est, le revoilà. Haha ! Allez viens t'asseoir. Qu'est-ce que tu foutais ?

Léon a arboré un grand sourire. Être mêlé à la carambouille ? Je le connais, ça l'amuse.

— Désolé, j'ai eu un coup de mou. L'action est plus éprouvante que l'intention.

— T'inquiète pas, mon grand, ton amie m'a tout raconté. Tu veux que je te dise ? Bravo ! Ah ça oui, bravo ! Se mettre dans une bouillabaisse pareille... Haha, chapeau !

— Chapeau ? Tu dois être troublé par le manque d'exercice.

— Tut, tut, je reconnais bien là l'engeance du preux paladin. Écoute : lorsque les sycophantes[7] assiègent la forteresse, il faut chauffer l'huile.

Seda inspectait ses doigts un à un. Ses regards furtifs trahissaient un malaise. Sylvie, moins subtile, se grattait sous le pli d'un sein, grimaçant d'un air agacé.

— Chauffer l'huile ? ai-je répété.

---

[7] Calomniateurs, fouineurs.

— Exactement. Tu dois te rendre à la police, affronter les projecteurs, la tête redressée, et montrer que tu es libre, que tu prends la haute main. Seuls les animaux à sang froid sont venimeux : ébouillante donc tes chafouins assaillants à l'huile essentielle de vérité.
— Hum...
— Quoi ? Tu doutes ? Regarde, tu vas voir (il saisit une télécommande). Ça va te les briser, tes hésitations, avec force et soupirs. Je te passe un replay : ils ont fait tout un pataquès sur toi, avec des gamins qui témoignent et j'en passe. C'est tout frais de midi, les infos ne parlent que de ça. Ouvre tes écoutilles !

*

Aujourd'hui, dans le Grand Débat, Le magazine qui anatomise l'actualité, Rosalin Jouet revient sur cette incroyable affaire des jeunes disparus de l'Indre, retrouvés sains et saufs dans un squat de trafiquants de drogue près de la gare Saint Charles, à Marseille.

C'est le directeur de la Maison d'Enfants qui les accueillait qui les y avait entraînés. Quel était son lien avec les dealers ? Était-il... à la tête d'un vaste réseau de drogue ?

Une des deux jeunes filles, Adria, ici présente sur notre plateau, repérée dernièrement aux urgences où elle a accouché d'un garçon prématuré, aurait déclaré avoir été enceinte à la suite d'actes sexuels... forcés.

Ce même Directeur, devenu l'homme le plus recherché de France, était-il... l'abuseur ? C'est ce que nous allons tenter de découvrir avec un autre invité, Maître Rupert, lui-même miraculé après une horrible tentative d'assassinat de ce criminel qu'il défendait de son mieux...

* * *

[23]

Saint-Flour, lundi 10 décembre 2018, 03 h 58.

Hein, quoi, qu'est-ce qui... Ça me secoue.
— Réveille-toi, sonneur.
— Arghh... Sylvie ? T'es déjà pas très aguichante de jour, mais de nuit... vire.
— Ça va, écrase. Viens...
— Rien du tout je viens ! Arrête de me parler au nez.
— Alors, il se réveille ? a fait Seda en rentrant à son tour.
C'est la foire aux jambons, ici, ou quoi ?
— Rappliquez ! Vite, ça bouge ! a hurlé Léon quelques pièces plus loin.
Même la chienne s'y mettait.
— Dépêchez-vous, venez. Surtout n'allumez pas les lumières.
La chienne ? Bon sang, elle a gémi. Mais alors... a-t-elle gémi en *fa* ?
— Oh la vache ! a crié Léon. C'est quoi ce bestiau ?
— C'est lui... c'est Kazan... a balbutié Seda.
Elle parlait si bas que j'ai deviné sa pâleur dans la pénombre de la chambre.
— Kazan ? me suis-je dit. Qu'est-ce qu'il foutrait à Saint-Flour ?
— Venez, vite, s'impatientait Léon.

*

Lorsque nos silhouettes ont enfin échappé à l'épaisse pénombre des couloirs, j'ai aperçu Léon dans le salon, scrutant l'extérieur par les interstices d'un volet. Il était assis sur une chaise près de la fenêtre, le nez plaqué contre le carreau. Il nous a fait signe de le rejoindre.

— Chut, venez voir, mettez-vous derrière moi...

Talons relevés, arpions comprimés, penchés sur ses épaules (comme pourraient l'être des anges gardiens sur les nôtres – ce ne serait pas du luxe), et le souffle en sursis, nous avons plongé nos yeux dans les rais de lumière provenant de la place.

La Teutonne noire ! Juste là, à côté de notre poubelle roulante. Même cabossée, elle roulait encore, nom de Dieu. Même avec les phares pétés, elle éclairait cette connasse. Sordidement projetées par les flamboyants pleins phares de l'enténébré vaisseau du Styx, deux ombres opaques rampaient sur le mur du bâtiment de la mairie, juste en face de nous. Mikail et Chirvan, jus de Nosferatu, leurs corps spaguétisés dansaient macabrement sur les façades de la ville et contaminaient l'endroit comme la peste pourrit un tissu de chair.

Moins observable, mais cent fois plus angoissante, une masse dense et sombre absorbait chaque reflet de lueur sur la voiture de Seda. C'était bien Kazan.

— Qu'est-ce qu'il a à regarder dans ce vieux tacot, a interrogé Léon.

— Il nous cherche, c'est notre voiture, là...

— Ah, désolé. Vous avez été suivis... et ça n'a pas dû être difficile.

— Impossible qu'il nous ait suivis, a rétorqué Seda. Kazan, il ne roule que la nuit.

— Que la nuit ?

— Oui, à partir de minuit, c'est tout. Par contre, il roule vite.

— En plus, s'il nous avait suivis, Skuelly aurait jacté, a rajouté Sylvie.

— Attention, ils regardent vers nous !

Mon cœur s'est emballé, secoué par une brusque éruption d'adrénaline.

— Ils ne peuvent pas nous voir a certifié Léon.

— Tu es sûr ? lui ai-je dit.

— Certain. Regarde, ils partent...

En effet, les monstres haïssables et nuiteux s'engouffraient désormais dans leur catafalque roulant, refermant bruyamment les portières. Trois *blam* ont alors résonné contre notre volet-bouclier, et leurs phares ont commencé à balayer les façades alentour. Leur boucan s'éloignant, la place retrouvait peu à peu son charme habituel.

*

Léon nous a préparé du café dans la cuisine. Moi je ne pouvais plus quitter la fenêtre. Je surveillais à travers les persiennes du volet, guettant le retour de la bagnole. Comme si j'avais besoin de ça... d'avoir affaire à des tarés pareils.

En plus d'être recherché par toutes les polices de France, j'étais traqué par un chef de guerre Tchétchène.

Je me sentais comme sur une crête de montagne, perché à des milliers de mètres d'altitude. « Tu préfères tomber de quel côté ? » me soufflait une voix.

— J'ai peur, a turlupiné Sylvie.

D'un air niais.

J'ai compris qu'elle était restée là, mais je n'ai rien dit.

Seda l'a prise dans ses bras.

Elle était restée là, elle aussi. Et je n'ai toujours rien dit.

Mais à bien les regarder, je n'en pensais pas moins. Non mais tu parles de comédiennes ! Même dans des moments pareils, il fallait qu'elles bouffonnaillent.

Bien décidé à m'épargner la tragi-tartufferie en cours, j'ai rejoint Léon dans la cuisine.

L'agacement l'emportait. Et ça se voyait.

— Allez détends-toi, m'a-t-il jeté, il faut rester positif. Raconte-moi plutôt : d'où ils sortent, ces mecs ?

J'ai entendu une voix derrière moi. C'était Seda, talonnée par le pot de glu. Elles m'avaient suivi.

— Le grand c'est Kazan. Les autres s'appellent Mikail et Chirvan. Ils sont très dangereux, a-t-elle répondu.

— Oui mais, ça ne veut rien dire, "dangereux"... Dangereux comment ?

— Comme des Tchétchènes qui trafiquent avec des Russes, me suis-je interposé.

Je vais pouvoir en placer une, oui.

— Ah ouais ? a rebondi Léon. Ils ont l'air de bien connaître votre bagnole, en tout cas.

Mon sang n'a fait qu'un tour : pardi qu'ils la connaissent.

— Seda, bravo ta copine ! C'est à cause d'elle qu'on s'est fait repérer. Avec tes lubies de nous abouler de l'intrigante, de nous foutre une buire pareille dans les pattes.

— Calme, contrôle, tempérait Léon.

— Hé, oh, tu pourrais nous parler autrement, a ajouté Sylvie.

— Noouuus ? "Nous" parler ? Tu crois que je te parle... à toi ? T'as pas compris que ta présence n'apporte que des emmerdes.

— Qu'ess tu baves... a-t-elle insisté. Je te dois quelque chose ? Faut que je t'apporte quoi ? ... des gamines... pour les mettre enceintes... hin hin.

*

Léon avait réussi à calmer le jeu. On était chez lui, et je n'avais pas envie qu'il ait besoin de nous le rappeler. La folle pouvait le remercier, car je crois que si nous avions été ailleurs, elle serait déjà étranglée.

Une fois le calme revenu, Seda a fait remarquer que sans Sylvie, pas de Skuelly. Et sans Skuelly (là-dessus, elle avait raison), les flics auraient eu tout le temps de me demander mes papiers, même en tant que passager, parce que c'était moi qu'ils cherchaient. Heureusement, j'avais changé de tête. C'était ça tous ces fichus contrôles ; il n'y avait pas que l'histoire du beau temps et du dimanche.

De surcroît (et là, elle avait encore raison), on n'aurait jamais pu deviner la présence de Kazan sans la chienne.

À un moment, je l'ai quand même interrompue, parce que j'ai bien vu qu'à la laisser causer comme ça, à l'infini, ça me conduirait tout droit à devoir leur faire des excuses.

Faut pas pousser non plus.

Je me suis demandé si Léon n'était pas devenu un peu con. Il n'arrêtait pas de se marrer et je ne voyais pas ce qu'il y avait de drôle. Mais je l'appréciais trop pour développer le postulat.

On a refait du café.

Et nous avons causé jusqu'au petit matin.

Enfin, surtout eux, parce que moi, je bâillais. L'histoire de Sylvie qui expliquait à Léon comment elle savait que Skuelly gémissait en *fa*, qu'elle avait été pianiste dans un orchestre, après avoir fait le conservatoire, l'oreille absolue, tout ça... je trouvais ça un peu gros.

À un moment, le jour s'est levé.

Et moi aussi.

Personne ne m'a demandé où j'allais, alors j'ai dit «Je vais me reposer un peu». Mais je n'ai reçu aucune réponse. Seda était en train de parler de Letchi et, apparemment, ça avait l'air plus intéressant.

* * *

[24]

Le plan sur le pont

Saint-Flour, lundi 10 décembre 2018, 07 h 58.

L'oreille absolue, tu parles. Et ta scoumoune, hein... ta poisse, ta guigne, ce ne serait pas absolu, des fois ? Quand on n'est rien et qu'on n'a rien, à part un chien truffé de puces, on se dispense de s'inventer une existence jadis revêtue de paillettes. Musicienne ? Haha, je ris. Et pourquoi pas majorette ? Je l'imagine bien, moi, en train de jouer du piano avec ses doigts plus proches de patates à frire que de mains de pianiste. Ah, que je te lui refermerais volontiers le capot sur les phalanges, moi, à la mytho. Allez va. Quand les autres se rendront compte de ce qu'elle est vraiment – une traîne-savates – on aura la paix, une bonne fois pour toutes.

Soudain, rattrapé par les bienfaits de la lucidité... Eurêka !

Bon sang, la clarté.

Dans ma caboche, les algorithmes s'échauffaient.

Attention, ça allait sortir : piano, capot... ? Capot !

*

« Attention, le revoilà... » a fait Léon en reposant le sachet de café. Une autre cafetière coulait.

— Arrête ça, lui ai-je répondu.

Je me suis assis. Les filles me regardaient. L'une, avec un sourire de sphinx ; l'autre (la plus moche), avec celui d'une hyène.

Je crois que j'ai alors grimacé.

Léon, lui, avait toujours son air d'abruti qui se marre pour rien. Mais bon, c'est mon ami.

J'ai enchaîné en pleine intelligence de cause, conscient de mon rôle : il en fallait bien un qui tienne la route dans cette équipe.

— Écoutez-moi, tous : quand elle a parlé de piano, l'autre, tout à l'heure...

— Hé oh ! C'est qui, « l'autre » ? n'a pas pu s'empêcher de répliquer la principale intéressée.

Ah, qu'elle était prévisible.

Ignorant l'ignorante, j'ai continué :

— Ça m'est revenu d'un coup : hier matin, quand nous sommes partis de Châteauroux, le capot de la voiture s'est ouvert. Tout seul...

Léon est revenu s'asseoir. Il ne souriait plus.

Pas trop tôt.

— Et alors ? a-t-il demandé, intrigué.

Il a beau être chiant, il est tout sauf con ; à ce moment-là, il a senti que ça allait être important.

— Alors... ai-je répondu. Alors, je pensais qu'on l'avait peut-être mal refermé après avoir changé la batterie. Tu te souviens, Seda ?

Elle acquiesçait.

Je marchais :

— Mais en fait, pas du tout, tu vois ! Quelqu'un l'avait rouvert, c'est sûr. Et pour y faire quoi, hein ? Pour mettre un traceur GPS !

— Hop, a fait Léon approbatif, mais alors ça expliquerait pourquoi ils sont arrivés droit comme un rail sur votre bagnole pourrie.

J'ai trouvé la remarque pas très sympa pour Seda ; sa voiture nous avait bien rendu service...

— C'est pour ça qu'il est reparti tout à l'heure, a murmuré Seda. Il nous suit, à distance, jusqu'à ce qu'on l'amène à Letchi.

— Il y a de fortes chances, a convenu Léon.

— Fin des conjectures, ai-je alors proclamé, pénétré de la légitimité de l'action - et de son commandement. Place aux certitudes. Et nul besoin d'attendre que le jour se recouche : on se bouge, en avant ! Il ne roule jamais en journée ? Nous, si ! On débranche son traceur de malheur et on se taille. Être semé, il a l'habitude ! Léon, ton café est bon. Il est fort, si, mais bon ! J'en reprends un et on se met en route. Allez.

— Attends, tu as raison, mais on va peaufiner, a commencé à tergiverser celui-ci.

— Peaufiner ? ai-je répété machinalement.

Trop tard, me suis-je dit alors. Je le connais : il spéculait déjà dans le conceptuel. Ça lui chauffait dans le bocal. L'agitation de ses neurones, à coup sûr, déplaçait d'une synapse à l'autre les particules de plomb qu'il avait accumulées enfant, dans sa chambre repeinte. Ça chauffait tellement qu'il arrivait même à fabriquer de l'or dans ces moments-là. Ou de l'hélium. En grosse quantité.

Pour dire les choses simplement, Léon nous échafaudait encore un de ses coups fumant.

J'ai rajouté :

— C'est-à-dire ?

— Un piège, s'est-il marré (ça y est ça le reprenait). On va lui tendre un piège.

***

[25]

Le plan sur le pont (seconde partie)

La journée est vite passée. Avoir des emmerdes plus grosses que soi donne une perception du temps inhabituelle.

D'abord, Seda a demandé à Léon si elle pouvait téléphoner en Tchétchénie : à Goudermes, au fameux bar, à sa sœur Zohra, tout ça. Une chance qu'elle ait eu cette idée. Ça n'a pas changé grand-chose de l'apprendre, mais ça nous a quand même apporté des éclairages : sa sœur était certes fiable, mais elle se faisait espionner.

Crac, si. Par qui ? Son mari ! Qui balançait tout à Kazan. Et allez.

Difficile d'en vouloir à Seda. Prendre des nouvelles, quoi de plus naturel ? Mais bon Dieu, qu'il fallait s'y attendre.

Après, Léon nous a expliqué son plan lumineux. Du moins, éclairait-il ses maintes envies d'aventures. Mais, il faut bien l'admettre : la ruse nous a paru furieusement efficace. Sûrement la fatigue.

Car en réalité, le projet était extraordinairement primitif. Une gamine de cinq ans en aurait immédiatement perçu la légèreté. En revanche, la manière dont Léon nous a raconté ça, l'agencement des éléments, leur enchaînement... ça, oui, ça nous a grattouillé l'inconscient et chatouillé la flagrance, emportés que nous étions sur les ailes de son imagination sans limite.

Aïe aïe aïe, mamamia.

Le vieux gag de la peau de banane, ah s'il était coté en Bourse, n'en finissait pas de séduire. Kazan était grand, lourd, corpulent ? Qu'à cela ne tienne : il allait glisser.

Parmi les observations qui se sont vérifiées de tout temps sur terre, nous racontait Léon, exalté, il en est une qui se répète : les sujets lourds sont infailliblement ceux qui résistent le moins aux grandes extinctions. Kazan, le bovin, l'inélégant, le pesant, le pataud, allait vite renvoyer ses restes nourrir la soupe primitive d'un nouveau commencement. Du moins, c'est ce qu'il affirmait. Et nous avions envie de le croire, notre Léon, notre unique espoir. Fallait-il qu'on soit paumés...

C'était ça ou se rendre aux flics. Finir mes jours en taule ? Merci bien. Moi, ce que je voulais, c'était me barrer tout de suite.

Mais Seda préférait mettre Kazan hors d'état de nuire avant qu'il ne retrouve son fils ; elle n'avait pas tout à fait tort. Quant à Sylvie, ce qu'elle voulait, je m'en fichais comme de l'an quarante. Elle ne disait rien, et ça tombait bien.

« Voulait-il nous suivre ? » philosophait Léon avec des phrases presque aussi anciennes que ses sabres. « À Dieu ne plaise ! Nous, nous n'escomptions pas lui gâcher son plaisir. Mais quoi ? Il aime le sang, et le trafic de carburant ?

Bien reçu, *quia probatum est*[8], on va lui en donner ».

Ensuite, les copains de Léon, d'un campement voisin, ont livré deux bidons d'hémoglobine de porc dans des jerricans, avec du gazole mélangé : un tiers sang, deux tiers sans plomb. Dix litres de lubrifiant tactique. De vrais Uber Blood.

« Tiens, cousin. Manitas y dit qu'avec ça, tu peux faire glisser un tank... C'est qui, ces gadjos ? »

Dans leur langage, "les gadjos", c'était nous. Du moins, c'est ce que j'ai compris. Les mecs ne nous ont ni salués ni regardés. Pas du même monde.

« On remue, on déverse, on admire, ça va jouer ripe », leur a répondu Léon, toujours avec son rire.

Putain, mais qu'est-ce que je foutais là, moi ? En voyant les bidons posés sur le parquet, dans le salon, j'ai trouvé son plan complètement foireux. Tout à coup, je ne comprenais pas comment j'avais pu y croire un seul instant.

« Eh, raisin ! Tu veux qu'on lui fasse la peau, au narvalo ? Y va manger ses morts ! »

Mais Léon a décliné l'offre. Moi, j'ai trouvé que c'était plutôt une bonne idée de les laisser faire. Mais non, Léon, il fallait qu'il s'occupe de tout, tout le temps. Surtout si c'était dangereux...

Les mecs à la peau tannée sont repartis. J'ai regardé à la fenêtre : une papemobile les attendait sur le parking. Elle a démarré, trois autres bagnoles l'ont suivie. Quel dommage, me suis-je dit. Tout ce

---

[8] Car c'est une alliance éprouvée.

monde pour deux bidons de merde... On aurait pu mieux faire.

Enfin, s'ensuivirent deux heures de savants calculs, dignes d'un cabinet d'ingénierie des ponts. Léon jubilait (moi, je l'aurais étranglé de mes mains) :

« Sur un tronçon d'autoroute de 4 500 mètres, le tablier du viaduc fait facile 2 000 mètres, sachant qu'il y a sept piles au total pour le porter, haha, vous allez voir ! Espacées d'un peu plus de 300 mètres l'une de l'autre... Alors, voyons voir... Ton Kazan, il roule vite, dis-tu ? Donc, un tablier, ça bouge, ça bouge beaucoup, surtout lorsqu'il est perché à deux cent cinquante mètres. Ça se dilate... et puis ça se rétracte, haha ! Mais comme il est fixé aux piles, ce sont les piles qui se déforment. Et ! Normalement, P1 et P7 doivent être celles qui se déforment le plus... Alors attends de voir... Soixante centimètres, plus soixante... Ça fait un mètre vingt de battement... Mouais... Donc alors, le joint de dilatation, qui doit être vers la septième, avant la culée... tac, hop – (?) – Il nous faut des talkies-walkies ! ».

On a même eu droit aux croquis :

« Nous, on se cale ici, dans l'utilitaire, avec Skuelly et les bidons. Toi, tu seras stationné sur l'aire, ici, comme ça – il dessinait les arbustes –, avec la bagnole de Seda. Tu risques d'y rester plusieurs heures, mais t'inquiète, on voit bien le viaduc. C'est beau, tu vas voir : le coucher de soleil au bout du pont, c'est magnifique. Voilà... tu vas passer une bonne soirée. Bon alors, l'autre, avec ses écrans radars... "Skyfall", il va forcément se demander pourquoi la casserole ne bouge plus, donc il va se pointer. Dès que la chienne gémit, on t'envoie un signal avec le talkie-walkie et on se dirige droit vers le joint, c'est-à-dire de l'autre côté. OK, vous suivez ? – Non ! – À cette période, avec le froid, le joint doit être dilaté au max. Et un joint, ça glisse : plus c'est dilaté, plus ça glisse. Mais, de surcroît, joies paroxysmiques... Quand on lui aura vidé nos bidons dessus et sur les trente mètres de bitume qui le précèdent, je peux vous dire que même un pet de lapin glissera là-dessus ! Votre Kazan, il va faire des flips et des demi-flips, des vrilles simples et aussi des triples, je vous le dis. On va le transformer en Surya Bonaly, le bestiau, lui chauffer les particules flottantes de l'endolymphe ! »

Déduction faite de l'exaltation abondante de mon ami d'enfance, le plan paraissait finalement bien réglé. Léon avait indiscutablement raison sur au moins un point du coup monté : en cas d'accident sur cet ouvrage unique au monde, qu'il y ait des morts, des blessés ou qu'il n'y en ait pas, la police arriverait sur place en un chrono record. Ce viaduc devait être le pont le plus sécurisé qui puisse exister sur terre.

Seda, qui connaissait un peu les habitudes de Kazan, confirmait qu'en cas d'intervention des forces de l'ordre, celui-ci serait cuit et recuit ; car La Chose conduisait son bolide sans permis de conduire, picolait avant, pendant et entre les itinéraires, transportait toujours une ou deux armes de guerre dans le coffre, sous le siège, à côté de ses réserves de coke – dont il était sujet, esclave, accroc, soumis.

Bref, c'était...

« Bien fait pour sa gueule », venait de la rouvrir Sylvie, sans qu'il soit pour autant certain qu'elle ait bien tout compris.

En tout cas, ça paraissait évident : en établissant le contact – et c'est précisément ce que nous allions faire (le branchement) –, loi des intermédiaires oblige, Kazan le fil rouge et les flics en fil bleu, bzz, pet, paf... On allait voir des étincelles.

* * *

[26]

Le début de la fin

*Viaduc de Millau, mardi 11 décembre 2018,
00 h 45.*

La nuit était superbe, un peu fraîche, et c'est vrai : Léon avait raison, c'était beau.

Là-haut, la Voie lactée opalescente ; et là, face à moi, disparaissant vers l'infini, chef-d'œuvre architectural, aérien, diaphane : le pont.

Ce pont qui aurait pu être dressé à la gloire des sylphes.

Ce pont qui fendait le vent avec la même immaculée blancheur qu'une aile d'aigrette.

Ce viaduc en impose, vraiment. Enjamber la vallée du Tarn, comme ça, du Causse rouge au Larzac... il fallait le faire. Chapeau.

Le ciel était parsemé d'étoiles. Toutes ces petites lumières qui venaient jusqu'à moi... Certaines provenant d'astres qui n'existent plus. Lumière d'étoiles mortes. La fin de l'espace... c'est peut-être le commencement d'ici.

Les haubans défilent, sublimes, colossaux. Au deuxième, à environ deux cent cinquante mètres de hauteur, la route semble flotter et se diriger vers de nouveaux mondes inexplorés, où les harpes seraient à l'honneur.

Le moteur ronronnait, notre plan aussi. Kazan, le sot, m'a suivi comme prévu. Dans quelques secondes, il sera hors d'état de nuire. Sacré Léon, il avait tout réglé comme sur du papier à musique. Nous y étions. Il le doublait et se rabattait devant lui. Seda a entrouvert une des portes de l'estafette, et Sylvie est tombée. Kazan lui a roulé dessus, tandis que Seda continuait de vider les bidons sur le bitume. Le sang étincelait sous la lumière crue des mâts d'éclairage. Et l'autre, dessus, glissait. Sa grosse voiture – tiens, elle n'était plus cabossée ? – a tapé dans les garde-corps. Alors la police est arrivée, et il a été menotté. Comme il se débattait, ils lui ont tiré dessus à bout portant. Les deux autres, Mikail et Chirvan, hurlaient, tapaient des mains, des pieds. Ça cassait les oreilles, alors ils les ont tués eux aussi. Une balle chacun. En pleine tête. Et le calme est revenu.

À ce moment je me suis réveillé. Ah la douche froide ! Le parking n'avait pas bougé, moi non plus, et mes emmerdes encore moins.

Ça tapait fort au carreau !
Très fort.

* * *

[27]

Le milieu de la fin

Viaduc de Millau, mardi 11 décembre 2018, 01 h 25.

Quand j'ai reconnu sa tête de cruche, j'ai tout de suite compris que la seule chose qui allait glisser dans cette histoire, c'était tout espoir de s'en sortir. Son air paniqué en disait long. Ça avait dérapé, c'était sûr. J'ai baissé la vitre pour qu'elle arrête de cogner comme une débile, et à ce moment, elle s'est mise à hurler : « Faut qu'on se tire, vite ! Ouvre-moi, je t'en supplie ! ». Aussitôt, elle a contourné la voiture en courant. Je l'ai vue filer devant le capot. Si je ne m'étais pas posé tant de questions, je crois que j'aurais pu lui rouler dessus et l'écraser, comme dans mon rêve. Mais quelque chose clochait. Elle n'était pas comme d'habitude. Alors je l'ai laissée finir son tour (de toute façon, je n'avais pas encore démarré le moteur) et je lui ai ouvert la portière. Elle s'est assise à côté de moi.

Je regrettais déjà mon manque de fermeté. J'aurais dû me barrer et la laisser plantée là. Mais elle criait, sans me laisser réfléchir : « Démarre ! Démarre ! »

*

J'ai roulé avec le canon d'un flingue sur la tempe.
Elle avait vraiment changé.

— Sylvie bordel, pourquoi tu fais ça ? Baisse ce flingue, s'il te plaît.

— Ta gueule ! Roule !

*

Le viaduc défilait. Vite. Trop vite. Bien trop vite.
Il était beaucoup plus beau dans mon rêve.

J'essayais de rouler doucement pour gagner du temps et me concentrer, mais elle appuyait le canon de l'arme contre ma tête. C'était froid et douloureux. Et surtout, ça annonçait toute la délicatesse dont elle était capable à mon égard. Pas bon. Dès que j'accélérais, elle relâchait la pression. Le message était clair.

J'ai tenté de lui parler :

— Que se passe-t-il, Sylvie ? Ça va, toi ? On va où, là ?

— Ta gueule, a-t-elle répété. Roule.

Quelques minutes ont passé.

Puis j'ai vu tournoyer les lumières bleues à la gare de péage.

Je ne sais pas pourquoi mais je me suis senti soulagé. À choisir, donner une explication à la police, ce n'était pas si mal, finalement. C'est vrai, qu'est-ce que je risquais en définitive ? Sûr qu'il allait falloir que je parle. Mais d'un autre côté, parler, ça voulait dire être toujours en vie. Et puis d'ailleurs, ils étaient déjà au courant. Le mal était fait. On m'en voudrait peut-être quelque temps, mais c'était mieux que finir les pieds devant.

Ça y est, je souriais. Cette idiote à côté de moi avait beau avoir un flingue, déniché je ne sais où - sûrement chez Léon, voleuse ! - ça n'avait plus d'importance. Ce n'était pas ça qui lui ferait franchir le barrage. En tout cas, elle ne disait rien. J'ai pensé qu'elle avait compris que c'était le bout du voyage pour elle aussi. Étonnamment, ça n'avait pas l'air de la perturber plus que ça.

À l'approche, juste avant les barrières, j'ai reconnu l'utilitaire de Léon. Et je les ai vus : lui, Seda et la chienne, entourés de poulets armés de fusils Browning.

On était loin de l'ambiance habituelle des contrôles routiers. Les flics étaient parés comme des combattants de guerre.

Je me suis tourné vers Sylvie, consterné :

— Sans déconner, Sylvie, c'est quoi tout ce bordel ?

— Ta gueule !

Elle ne savait dire que ça ou quoi ?

Mais arrivés à leur hauteur, elle a rajouté :

— Arrête-toi là. Stoppe le véhicule ! Tout de suite !

Ça y est, c'est fini, ai-je pensé. La fin de l'épisode.

J'ai scruté l'extérieur. Léon me fixait, un sourire éclatant aux lèvres. Je me suis dit qu'il était vraiment cinglé, et qu'il y avait des limites à tout.

En y regardant de plus près, c'est le visage de Seda qui a attiré mon attention. Je commençais à la connaître. Elle a tourné la tête vers moi et m'a offert une étrange information : dans son regard, il y avait... de l'apaisement.

À présent, j'étais arrêté, juste à côté d'eux. Je ne les lâchais plus des yeux.

Je crois que Léon m'a fait un clin d'œil.

Sans descendre de la bagnole, Sylvie a baissé la vitre.

Un des gars – gros bras, gros fusil, gilet pare-balles – s'est approché de son côté. J'étais sûr qu'il allait la mettre en joue... Mais elle a parlé la première :

— C'est bon vous êtes en place ?

— Affirmatif, mon commandant, a répondu le colosse.

Commandant ?

— En amont aussi ? a-t-elle enchaîné.

— Oui, mon commandant. Les hommes ont barré derrière la cible.

— Ils sont en route ? a-t-elle insisté.

— Affirmatif, ils se sont engagés, ça y est.

J'ai compris qu'ils parlaient de Kazan et de ses cafards.

Elle a conclu :

— Parfait. Tenez-vous prêtes, les filles.

L'autre a rigolé. Un rire mêlé d'admiration et de respect.

Je n'en croyais pas mes yeux, ni mes oreilles.

Il a continué de parler à Sylvie, lui disant de ne pas s'inquiéter, que la situation était sous contrôle, tout ça...

Puis, sans un mot, elle m'a fait descendre du véhicule.

On est montés à l'arrière d'une grosse Citroën noire. Gyrophare bleu. Chauffeur casqué au volant. Et à côté, sur le siège passager, un autre gros bras avec un fusil Browning.

J'ai vu Léon et Seda se faire escorter vers une voiture semblable, garée à côté de nous. Un autre gars, lui aussi en gilet pare-balles, a ramené Skuelly. Il l'a fait monter derrière, et elle s'est installée à nos pieds.

Elle jappait. C'était du *fa*.

J'ai regardé Sylvie avec des yeux comme des soucoupes. Alors, elle a souri. Mais pas comme d'habitude. Un sourire que je ne lui connaissais pas. J'avais l'impression que c'était quelqu'un d'autre.

Je crois que je me suis senti bête.

Le gars a refermé la portière en lançant à Sylvie :

— Bonne route mon commandant !

Et le chauffeur a ajouté :

— C'est parti.

Dès la barrière franchie, j'ai vu des voitures bloquer les accès derrière nous.

Skuelly a jappé de nouveau, plusieurs fois.

Je n'ai pu m'empêcher de me retourner. Encore et encore. La voiture transportant Léon et Seda nous suivait. Et derrière eux, des lumières de phares se rapprochaient du lointain.

Sylvie a tapé l'épaule du chauffeur.

— Attends, ralentis, lui a-t-elle demandé.

Puis elle a fait comme moi : elle s'est retournée.

Le colosse sur le siège passager aussi.

Et on a tous regardé dans la lunette arrière.

On a entendu des pneus crisser, des cris, des chocs de carrosserie.

Puis, encore des cris.

Et des coups de feu.

Sylvie a dit :

— C'est bon, roule.

Et le chauffeur a accéléré.

Je n'ai pas compris où on allait, mais j'ai vite intégré qu'on y arriverait vite.

***

[28]

La fin de la fin

Marseille, mardi 11 décembre 2018, 03 h 15.

À 3 h 15, nous avons pénétré dans la ville.
Une ville, à 3 h 15, ça dort.
Pas Marseille.
À 3 h 30, j'avais une lampe de bureau en pleine gueule. Comme dans les films. Sylvie a rigolé - haha, mais qu'est-ce qu'elle était drôle - puis elle a replacé la lampe normalement.
— Café ?
— Oui, c'est gentil, merci, lui ai-je répondu, me surprenant moi-même d'avoir sorti ça.
Elle est revenue avec deux gobelets et m'en a tendu un. Là, elle s'est assise derrière son bureau.
Elle touillait son café en me regardant fixement.
Les rôles avaient tellement changé que je n'ai rien trouvé à dire. Dans mon souvenir, j'ai baissé les yeux pour échapper aux siens.
Pas de doute, j'étais gêné.
Elle était agent sous couverture de la DGSI. On attendait son homologue de la DGSE.
J'ai trouvé très étonnant qu'elle m'en dévoile autant. Je n'ai pas compris pourquoi non plus, mais elle m'a proposé un autre café.

Pour un peu, je lui demandais s'ils prévoyaient aussi des croissants pour les invités.

Mais je n'ai pas osé.

Sa bienveillance me déconcertait. Impossible de savoir si c'était du lard ou du cochon. Désagréable, ça oui.

Je crois que je m'en voulais. C'était ça, le plus dur.

Je comprenais que cette femme assise devant moi n'avait jamais dépassé, dans mon esprit, le grade de souillon. Je l'avais sous-estimée. Et pas qu'un peu.

Je m'en voulais terriblement.

Avoir l'air con, à ce point, je ne sais pas si ça m'était déjà arrivé.

*

Quand j'ai reconnu sa tête de veines, j'ai sursauté :

— Gérald ?

Sylvie souriait. Elle a dit :

— Salut Gégé, on t'attendait.

Lui, il s'est contenté d'un « salut » avant de tourner les talons.

On était loin de l'ambiance des Costa-Gavras !

— Ne me dis pas que la DGSE c'est lui ! ai-je lancé à Sylvie.

Cette imbécile a éclaté de rire.

D'ailleurs, elle n'est pas si imbécile que ça.

Mais à vrai dire, j'étais épuisé. Mon discernement, à ce moment-là, n'était pas mon trait d'esprit le plus développé.

— Il est déjà reparti, c'est normal ? ai-je insisté.

Mais elle ne m'a pas répondu.

Elle continuait de me fixer, silencieuse.

Tout à coup, la voix de Gérald a retenti plus loin, quelque part dans une autre pièce. Il a hurlé d'une voix de marchand de poisson :

— C'est bon !

Alors Sylvie s'est levée.

Et elle m'a demandé de la suivre, dans un vocabulaire toujours aussi recherché :

— Amène-toi !

*

Il y avait deux drôles de types derrière un bureau. Le même bureau pour les deux. Le premier portait de grandes lunettes aux verres épais, ce qui lui faisait de tout petits yeux sous son épaisse tignasse de cheveux. Le second ne portait pas de lunettes. Ça aurait peut-être adouci son visage, mais, non, il n'en portait pas.

Sylvie m'a proposé de m'asseoir en tirant une chaise. Je me suis exécuté, et elle est allée s'adosser contre le mur, à côté de Gérald, qui me regardait en souriant.

Le type sans lunettes et aux cheveux rasés a commencé à parler : qui ils étaient, pourquoi ils étaient là et ce qu'ils attendaient de moi. « Pas tant de choses que ça, juste comprendre », a-t-il dit.

Quand il a fini sa phrase je ne me souvenais déjà plus de leur fonction... En charge de l'enquête préliminaire de je ne sais plus quoi, en vue de quelque chose, dans le cadre d'un truc pour la Cour pénale internationale.

— Nom ?
— Vialin.
— Prénom ?
— Tristan.

Le grand à lunettes tapait sur son clavier.

— Vous êtes né quand et où ? Profession, situation familiale ?
— Le 15 août mille neuf... Oh, et puis merde !

Je me suis demandé s'ils ne me prenaient pas pour une quiche... Ils avaient déjà tout sur moi, évidemment. C'est pour ça que Sylvie savait où j'étais né ! D'ailleurs, je leur ai fait remarquer que si vraiment ils ne savaient pas qui j'étais, ils avaient des cheveux à se faire. Alors, celui qui posait les questions cons m'a expliqué de ne pas le prendre mal, que c'était la procédure, et qu'ils n'en avaient pas spécialement après moi. Gérald a acquiescé, Sylvie aussi. Je me suis dit : « après tout... »

Ensuite, j'ai dû raconter tout ce que je n'avais pas dit au juge Elinor : l'arrivée de Letchi au foyer, les jeunes plantés au beau milieu d'un désert affectif à Noël, Letchi qui voulait retrouver sa mère à Marseille, pourquoi je les avais accompagnés, pourquoi ils n'étaient jamais revenus, si ça valait le coup que je me mouille autant... J'en passe.

Moi aussi, j'avais des questions. Où étaient Seda, Léon, et surtout Kazan. Car il n'y avait pas besoin d'avoir fait Sciences Po pour comprendre que tout tournait autour de lui.

Le petit pète-sec m'a seulement dit de ne pas m'en faire. J'ai compris que ça voulait dire mêle-toi de tes affaires.

L'autre, à côté, s'est montré plus sympa. Il m'a aussi dit de ne pas m'en faire, mais en rajoutant qu'un programme de protection des témoins était prévu.

Ensuite, il a parlé d'un déménagement. D'un changement d'identité. Pour Seda. Pour Letchi. Et même pour moi.

Ça m'a surpris. Mais comme Seda n'était pas là, je me suis dit qu'ils nous réexpliqueraient tout ça plus tard. Et que ce n'était pas la peine de perdre du temps à poser des questions pour écouter plusieurs fois le même baratin.

D'ailleurs, je n'allais pas tarder à piquer du nez. Deux nuits blanches de suite, ce n'était plus de mon âge. Le café de Sylvie me retournait l'estomac, et en boire encore, à ce stade, ne servirait plus à grand-chose.

Eux, ça avait l'air d'aller. Je me suis demandé à quoi ils marchaient. Mais je me suis gardé de le leur demander. Les provoquer inutilement n'apporterait rien de bon.

En plus... L'ambiance n'était pas si hostile que ça, finalement.

*

"Ne pas m'en faire... " J'avais bien entendu ? "Ne pas m'en faire" ?

J'ai relevé la tête. J'avais dormi. Ils étaient toujours là.

Sylvie m'a encore apporté du café. On a repris les échanges. Ils m'ont dit que Léon avait été raccompagné chez lui. Selon leurs informations, Kazan et son réseau ignoraient son existence. Le mieux, ont-ils ajouté, était de l'oublier un petit moment, par précaution, et de ne pas retourner le voir à Saint-Flour... au cours des vingt prochaines années.

Seda avait retrouvé son fils. Ils allaient vivre ensemble, dans un endroit qu'ils n'avaient pas le droit de m'indiquer. Super. J'ai demandé si j'allais les revoir. Ils ont répondu « Non ». Et qu'ils étaient désolés. C'était pour le bien de tout le monde. D'après le chevelu, Letchi avait eu beaucoup de chance de croiser ma route. Seda aussi. Sans mon burn-out et le bordel afférent, Kazan les aurait exécutés tous les deux.

Kazan était poursuivi pour crimes de guerre.

Sans compter ses activités de grand banditisme en France et à l'étranger, qui lui avaient valu sa notice rouge d'Interpol. Le mec battait des records de poursuites. Apparemment, ça faisait plusieurs années qu'ils étaient sur lui... et c'était un peu grâce à moi qu'ils avaient pu l'arrêter en France. On n'était pas près de le revoir dehors.

J'ai eu du mal à ne pas rire quand ils m'ont parlé de leur contact à Goudermes. Le mari de Zohra ! Haha ! Il ne bossait pas "que" pour Kazan. Il bossait surtout pour eux. C'est bon, la vie, des fois ! Une taupe ? Un agent double ? J'ignorais comment on appelle ça, mais c'était comme dans les films.

On a continué de se marrer (façon de parler) quand Gérald m'a dit que l'utilitaire derrière lequel je m'étais caché dimanche matin... c'était lui. Il planquait dedans. Ils m'ont montré des photos de moi, la gueule que je tirais ! Ça m'a moins fait rire quand il a ajouté que le petit Eddy bossait lui aussi pour la DGSE. D'ailleurs, il était déjà sur une autre affaire. Je me suis encore senti con. Et je n'ai pas pu m'empêcher de leur demander si, des fois, Georges, le veilleur de nuit, ne bossait pas pour eux aussi. Ce n'était pas le cas.

— Et René ? ai-je fait.

Non plus.

J'ai commencé à citer d'autres noms, mais le petit nerveux s'est agacé. Il a dit :

— On pourrait peut-être passer à la suite ?

*

La suite consistait en une pièce de repos étroite, sans fenêtre mais très éclairée, avec une petite bouteille d'eau et un sandwich au thon posés sur la table, à côté d'un fauteuil où j'ai fini par m'assoupir.

En me réveillant, je ne savais pas depuis combien de temps j'étais là. Pourtant, une chose était sûre : mes emmerdes étaient finies.

Ça m'a fait l'impression d'un vide.

Un vide ?

Un vide.

* * *

[29]

*Pontarlier, un an plus tard,
mercredi 11 décembre 2019.*

Je pense souvent à Letchi et Seda. Ce qu'ils font. Où ils vivent. Comment ils vont. Linda et Adria aussi. Ce qu'elles sont devenues. Mais rien. C'est dur de ne pas savoir.

Ils voulaient m'envoyer à Mayotte. « Pas moyen ! » avais-je objecté (j'avais appris ça des jeunes). Alors me voilà à Pontarlier. Un drôle de bled. C'est joli, et la Suisse n'est pas loin. Ici, on dit souvent : « T'as meilleur temps de faire ceci, t'as meilleur temps de faire cela ». Tu parles d'un meilleur temps. Huit mois de neige par an, trente degrés en dessous de zéro l'hiver. Au moins, l'eau est potable.

Je m'appelle Thibault Lagrange. Je suis né le 28 novembre 1977, à Verdun. Mais je n'ai pas l'accent. Et j'ai gagné sept ans. Cadeau. Avant, quand on me demandait mon âge, on me disait souvent que je faisais plus jeune. Là on ne me le dira plus. Par contre, on va se demander ce que je suis venu foutre à Pontarlier. Sûr. Je pourrai toujours dire que ce n'est pas pire que Verdun.

Kazan va être jugé par la Cour pénale internationale. Ils en ont parlé aux infos. Surtout pour dire qu'un réseau de prostitution dirigé par des Tchétchènes avait été démantelé. Là-dessus, s'est tenu le salon de la prostitution à Paris. Elles sont plus en sécurité dans les maisons closes, tout ça... Mais tout portait à croire que les médias en parlaient surtout pour nous arracher un sourire en coin. Moi, je me suis dit qu'on ferait mieux de leur foutre la paix. Mais comme ce n'est pas facile de faire des rencontres dans le Haut-Doubs, je n'ai pas partagé ma remarque avec grand monde.

À Pontarlier, quand ne te connaît pas, on ne te répond pas. Il y a beaucoup d'élevages dans le coin. Et là où il y a des élevages, c'est bien connu : il y a peu de bavardages. Pas le temps. C'est comme ça. Les bêtes d'abord.

J'ai aussi appris la mort de Johnny. En appelant l'accueil de jour, pour prendre des nouvelles. Il avait pris un mauvais coup en venant en aide à Christian, cette fameuse nuit où les deux polypes l'avaient agressé. Personne n'a rien vu, mais il faisait une hémorragie interne. Vacherie. Si on y réfléchit bien, il est mort en héros. Tu parles... On leur tend un micro l'hiver... Une fois par an, ils ont leur chanson : « ... Ni d'avoir faim, ni d'avoir froid... » Pourtant, il y en a de plus en plus... À ce qui paraît : qu'est-ce qu'on y peut ?

Mes cheveux ont repoussé. Maintenant, j'ai une barbe. « Une grosse barbe, c'est bien », m'ont dit les agents secrets. Moi, je pense qu'une moyenne aurait suffi. Je touche une petite pension aussi. Tous les mois. Je ne suis plus obligé de travailler, et en ce qui touche à ma motivation, ça tombe plutôt bien.

Si un jour je m'ennuie, ils m'ont dit que j'aurais un piston dans une collectivité. Mais ils n'ont pas voulu préciser laquelle. Alors, je ne suis pas pressé.

La bonne nouvelle ? J'ai retrouvé Johana. Elle vit à Besançon. Maintenant, on n'est plus si loin. Je lui ai raconté le coup de la montre. On a un peu ri. Mais pas trop. Je crois qu'elle s'est vraiment inquiétée en voyant ma tronche à la télé. Même si ça l'a fait sourire d'apprendre que j'avais essayé d'étouffer un avocat. On n'a jamais aimé les avocats dans la famille. Ils sont chers. Ils font libérer les pires crapules. Et ils empêchent rarement la condamnation des pauvres bougres. Ceux qui auraient surtout besoin de soins ou d'éducation. Comment il disait, Victor Hugo ? Construisez des écoles, vous fermerez des prisons.

Elle m'a appris que j'allais être grand-père. Ma fille, enceinte. Si on m'avait dit ça... Après tout, il fallait bien que ça arrive un jour. Grand-père, haha. En plus, je l'aime bien, mon gendre. C'est un chouette type.

Ce sera une fille.

Et elle s'appellera Laïna.

*****